folio+ COLLÈGE

CANDIDE
OU L'OPTIMISME
Voltaire

TEXTE INTÉGRAL
+ dossier
par Eva Byzery

Eva Byzery est agrégée de lettres modernes et enseigne dans l'académie de Créteil.
Laura Yates a réalisé les infographies et les pictos.

Candide
ou l'Optimisme

Traduit de l'allemand
de M. le docteur Ralph
avec les additions qu'on a trouvées
dans la poche du docteur,
lorsqu'il mourut à Minden, l'an de grâce 1759.

Comment Candide fut élevé
dans un beau château,
et comment il fut chassé d'icelui

Il y avait en Westphalie, dans le château de M. le baron de Thunder-ten-tronckh, un jeune garçon à qui la nature avait donné les mœurs les plus douces. Sa physionomie annonçait son âme. Il avait le jugement assez droit, avec l'esprit le plus simple ; c'est, je crois, pour cette raison qu'on le nommait Candide. Les _ 5 anciens domestiques de la maison soupçonnaient qu'il était fils de la sœur de monsieur le baron et d'un bon et honnête gentilhomme du voisinage, que cette demoiselle ne voulut jamais épouser parce qu'il n'avait pu prouver que soixante et onze quartiers[1], et que le reste de son arbre généalogique avait été perdu _ 10 par l'injure du temps.

Monsieur le baron était un des plus puissants seigneurs de la Westphalie, car son château avait une porte et des fenêtres. Sa grande salle même était ornée d'une tapisserie. Tous les chiens de ses basses-cours composaient une meute dans le besoin[2] ; ses _ 15

1. Les « quartiers » désignent le nombre d'ancêtres nobles d'une personne. Voltaire se moque ici de l'aristocratie allemande, souvent ridiculisée au XVIIIᵉ siècle pour son obsession pour les titres de noblesse.
2. En cas de besoin.

palefreniers étaient ses piqueurs ; le vicaire du village était son grand aumônier. Ils l'appelaient tous monseigneur, et ils riaient quand il faisait des contes.

20 _ Madame la baronne, qui pesait environ trois cent cinquante livres, s'attirait par là une très grande considération, et faisait les honneurs de la maison avec une dignité qui la rendait encore plus respectable. Sa fille Cunégonde, âgée de dix-sept ans, était haute en couleur, fraîche, grasse, appétissante. Le fils du baron paraissait en tout digne de son père. Le précepteur Pangloss était

25 _ l'oracle de la maison, et le petit Candide écoutait ses leçons avec toute la bonne foi de son âge et de son caractère.

Pangloss enseignait la métaphysico-théologo-cosmolonigo-logie[1]. Il prouvait admirablement qu'il n'y a point d'effet sans cause, et que, dans ce meilleur des mondes possibles, le châ-

30 _ teau de monseigneur le baron était le plus beau des châteaux et madame la meilleure des baronnes possibles.

« Il est démontré, disait-il, que les choses ne peuvent être autrement : car, tout étant fait pour une fin, tout est nécessairement pour la meilleure fin. Remarquez bien que les nez ont

35 _ été faits pour porter des lunettes, aussi avons-nous des lunettes. Les jambes sont visiblement instituées pour être chaussées, et nous avons des chausses. Les pierres ont été formées pour être taillées, et pour en faire des châteaux, aussi monseigneur a un très beau château ; le plus grand baron de la province doit être

1. Néologisme inventé par Voltaire. L'auteur parodie ici la langue savante des philosophes. Voir *Les mots ont une histoire*, p. 160.

le mieux logé ; et, les cochons étant faits pour être mangés, nous _ 40 mangeons du porc toute l'année : par conséquent, ceux qui ont avancé que tout est bien ont dit une sottise ; il fallait dire que tout est au mieux.»

Candide écoutait attentivement, et croyait innocemment ; car il trouvait Mlle Cunégonde extrêmement belle, quoiqu'il ne prît _ 45 jamais la hardiesse de le lui dire. Il concluait qu'après le bonheur d'être né baron de Thunder-ten-tronckh, le second degré de bonheur était d'être Mlle Cunégonde ; le troisième, de la voir tous les jours ; et le quatrième, d'entendre maître Pangloss, le plus grand philosophe de la province, et par conséquent de toute la terre. _ 50

Un jour, Cunégonde, en se promenant auprès du château, dans le petit bois qu'on appelait *parc*, vit entre des broussailles le docteur Pangloss qui donnait une leçon de physique expérimentale à la femme de chambre de sa mère, petite brune très jolie et très docile. Comme Mlle Cunégonde avait beaucoup de dispositions _ 55 pour les sciences, elle observa, sans souffler, les expériences réitérées dont elle fut témoin ; elle vit clairement la raison suffisante[1] du docteur, les effets et les causes, et s'en retourna tout agitée, toute pensive, toute remplie du désir d'être savante, songeant qu'elle pourrait bien être la raison suffisante du jeune Candide, _ 60 qui pouvait aussi être la sienne.

Elle rencontra Candide en revenant au château, et rougit ;

1. En philosophie, la raison suffisante est la cause qui détermine un effet, c'est-à-dire ce qui suffit pour qu'une chose se produise. Ici, cependant, Voltaire joue sur les mots et cette «raison suffisante» peut être aussi bien le désir de Pangloss pour la femme de chambre que son sexe.

Candide rougit aussi ; elle lui dit bonjour d'une voix entrecoupée, et Candide lui parla sans savoir ce qu'il disait. Le lendemain
65 _ après le dîner, comme on sortait de table, Cunégonde et Candide se trouvèrent derrière un paravent ; Cunégonde laissa tomber son mouchoir, Candide le ramassa, elle lui prit innocemment la main, le jeune homme baisa innocemment la main de la jeune demoiselle avec une vivacité, une sensibilité, une grâce toute
70 _ particulière ; leurs bouches se rencontrèrent, leurs yeux s'enflammèrent, leurs genoux tremblèrent, leurs mains s'égarèrent. M. le baron de Thunder-ten-tronckh passa auprès du paravent, et voyant cette cause et cet effet, chassa Candide du château à grands coups de pied dans le derrière ; Cunégonde s'évanouit ;
75 _ elle fut souffletée[1] par madame la baronne dès qu'elle fut revenue à elle-même ; et tout fut consterné[2] dans le plus beau et le plus agréable des châteaux possibles.

1. Giflée. Un soufflet est une gifle, une claque.
2. Accablé, attristé et, ici, bouleversé.

CHAPITRE 2

Ce que devint Candide parmi les Bulgares

Candide, chassé du paradis terrestre, marcha longtemps sans savoir où, pleurant, levant les yeux au ciel, les tournant souvent vers le plus beau des châteaux qui renfermait la plus belle des baronnettes ; il se coucha sans souper au milieu des champs entre deux sillons ; la neige tombait à gros flocons. Candide, tout transi, se traîna le lendemain vers la ville voisine, qui s'appelle Valdberghoff-trarbk-dikdorff, n'ayant point d'argent, mourant de faim et de lassitude. Il s'arrêta tristement à la porte d'un cabaret. Deux hommes habillés de bleu[1] le remarquèrent : « Camarade, dit l'un, voilà un jeune homme très bien fait, et qui a la taille requise. » Ils s'avancèrent vers Candide et le prièrent à dîner très civilement. « Messieurs, leur dit Candide avec une modestie charmante, vous me faites beaucoup d'honneur, mais je n'ai pas de quoi payer mon écot[2]. — Ah ! monsieur, lui dit un des bleus, les personnes de votre figure et de votre mérite ne payent jamais rien : n'avez-vous pas cinq pieds cinq pouces de haut[3] ? — Oui,

_ 80

_ 85

_ 90

1. Le bleu est la couleur de l'uniforme de l'armée prussienne. Ces deux hommes sont donc des soldats prussiens qui veulent enrôler Candide.
2. Payer sa part du repas.
3. Environ un mètre quatre-vingts.

messieurs, c'est ma taille, dit-il en faisant la révérence. — Ah !
95 _ monsieur, mettez-vous à table ; non seulement nous vous défraye-
rons, mais nous ne souffrirons jamais qu'un homme comme
vous manque d'argent ; les hommes ne sont faits que pour se
secourir les uns les autres. — Vous avez raison, dit Candide :
c'est ce que M. Pangloss m'a toujours dit, et je vois bien que tout
100 _ est au mieux. » On le prie d'accepter quelques écus, il les prend
et veut faire son billet[1] ; on n'en veut point, on se met à table :
« N'aimez-vous pas tendrement ?… — Oh ! oui, répondit-il, j'aime
tendrement Mlle Cunégonde. — Non, dit l'un de ces messieurs,
nous vous demandons si vous n'aimez pas tendrement le roi
105 _ des Bulgares. — Point du tout, dit-il, car je ne l'ai jamais vu.
— Comment ! c'est le plus charmant des rois, et il faut boire
à sa santé. — Oh ! très volontiers, messieurs » ; et il boit. « C'en
est assez, lui dit-on, vous voilà l'appui, le soutien, le défenseur,
le héros des Bulgares ; votre fortune est faite, et votre gloire est
110 _ assurée. » On lui met sur-le-champ les fers aux pieds, et on le
mène au régiment. On le fait tourner à droite, à gauche, hausser
la baguette[2], remettre la baguette, coucher en joue, tirer, doubler
le pas, et on lui donne trente coups de bâton ; le lendemain il
fait l'exercice un peu moins mal, et il ne reçoit que vingt coups ;
115 _ le surlendemain on ne lui en donne que dix, et il est regardé par
ses camarades comme un prodige.

1. « Faire son billet », c'est signer une reconnaissance de dette pour s'engager à rembourser quelqu'un.
2. Baguette de fer servant à enfoncer la poudre dans le canon d'un fusil. Candide est ici soumis à un entraînement militaire.

Candide, tout stupéfait, ne démêlait pas encore trop bien comment il était un héros. Il s'avisa un beau jour de printemps de s'aller promener, marchant tout droit devant lui, croyant que c'était un privilège de l'espèce humaine, comme de l'espèce animale, de se servir de ses jambes à son plaisir. Il n'eut pas fait deux lieues que voilà quatre autres héros de six pieds qui l'atteignent, qui le lient, qui le mènent dans un cachot. On lui demanda juridiquement ce qu'il aimait le mieux d'être fustigé[1] trente-six fois par tout le régiment, ou de recevoir à la fois douze balles de plomb dans la cervelle. Il eut beau dire que les volontés sont libres ; et qu'il ne voulait ni l'un ni l'autre, il fallut faire un choix ; il se détermina, en vertu du don de Dieu qu'on nomme *liberté*, à passer trente-six fois par les baguettes ; il essuya deux promenades. Le régiment était composé de deux mille hommes ; cela lui composa quatre mille coups de baguette, qui, depuis la nuque du cou jusqu'au cul, lui découvrirent les muscles et les nerfs. Comme on allait procéder à la troisième course, Candide, n'en pouvant plus, demanda en grâce qu'on voulût bien avoir la bonté de lui casser la tête ; il obtint cette faveur ; on lui bande les yeux, on le fait mettre à genoux. Le roi des Bulgares passe dans ce moment, s'informe du crime du patient[2] ; et comme ce roi avait un grand génie, il comprit, par tout ce qu'il apprit de Candide, que c'était un jeune métaphysicien[3], fort ignorant des choses de ce monde,

_ 120

_ 125

_ 130

_ 135

1. Être battu à coups de bâton ou de fouet.
2. Le condamné qui va être fusillé.
3. Qui pratique la métaphysique, l'une des disciplines de la philosophie. C'est donc un philosophe.

140 _ et il lui accorda sa grâce avec une clémence qui sera louée dans tous les journaux et dans tous les siècles. Un brave chirurgien guérit Candide en trois semaines avec les émollients enseignés par Dioscoride[1]. Il avait déjà un peu de peau et pouvait marcher, quand le roi des Bulgares livra bataille au roi des Abares.

1. Dioscoride est un médecin grec du Ier siècle après Jésus-Christ ; les « émollients » sont des pommades.

CHAPITRE 3

Comment Candide se sauva
d'entre les Bulgares,
et ce qu'il devint

Rien n'était si beau, si leste[1], si brillant, si bien ordonné que _ 145
les deux armées. Les trompettes, les fifres, les hautbois, les
tambours, les canons, formaient une harmonie telle qu'il n'y en
eut jamais en enfer. Les canons renversèrent d'abord à peu près
six mille hommes de chaque côté; ensuite la mousqueterie ôta
du meilleur des mondes environ neuf à dix mille coquins qui en _ 150
infectaient la surface. La baïonnette fut aussi la raison suffisante
de la mort de quelques milliers d'hommes. Le tout pouvait bien
se monter à une trentaine de mille âmes. Candide, qui tremblait
comme un philosophe, se cacha du mieux qu'il put pendant
cette boucherie héroïque. _ 155

Enfin, tandis que les deux rois faisaient chanter des *Te Deum*[2]
chacun dans son camp, il prit le parti d'aller raisonner ailleurs
des effets et des causes. Il passa par-dessus des tas de morts et
de mourants, et gagna d'abord un village voisin; il était en
cendres : c'était un village abare que les Bulgares avaient brûlé, _ 160
selon les lois du droit public. Ici des vieillards criblés de coups

1. Léger et agile. Ici, élégant.
2. Chant religieux dans lequel on remercie Dieu.

regardaient mourir leurs femmes égorgées, qui tenaient leurs enfants à leurs mamelles sanglantes ; là des filles éventrées après avoir assouvi les besoins naturels de quelques héros rendaient
165 _ les derniers soupirs ; d'autres, à demi brûlées, criaient qu'on achevât de leur donner la mort. Des cervelles étaient répandues sur la terre à côté de bras et de jambes coupés.

Candide s'enfuit au plus vite dans un autre village : il appartenait à des Bulgares, et des héros abares l'avaient traité de même.
170 _ Candide, toujours marchant sur des membres palpitants ou à travers des ruines, arriva enfin hors du théâtre de la guerre, portant quelques petites provisions dans son bissac, et n'oubliant jamais Mlle Cunégonde. Ses provisions lui manquèrent quand il fut en Hollande ; mais ayant entendu dire que tout le
175 _ monde était riche dans ce pays-là, et qu'on y était chrétien, il ne douta pas qu'on ne le traitât aussi bien qu'il l'avait été dans le château de monsieur le baron avant qu'il en eût été chassé pour les beaux yeux de Mlle Cunégonde.

Il demanda l'aumône à plusieurs graves personnages, qui lui
180 _ répondirent tous que, s'il continuait à faire ce métier, on l'enfermerait dans une maison de correction pour lui apprendre à vivre.

Il s'adressa ensuite à un homme qui venait de parler tout seul une heure de suite sur la charité dans une grande assemblée.
185 _ Cet orateur, le regardant de travers, lui dit : « Que venez-vous faire ici ? y êtes-vous pour la bonne cause ? — Il n'y a point d'effet sans cause, répondit modestement Candide, tout est

enchaîné nécessairement et arrangé pour le mieux. Il a fallu que je fusse chassé d'auprès de Mlle Cunégonde, que j'aie passé par les baguettes, et il faut que je demande mon pain jusqu'à ce que je puisse en gagner ; tout cela ne pouvait être autrement. — Mon ami, lui dit l'orateur, croyez-vous que le pape soit l'Antéchrist ? — Je ne l'avais pas encore entendu dire, répondit Candide ; mais qu'il le soit ou qu'il ne le soit pas, je manque de pain. — Tu ne mérites pas d'en manger, dit l'autre ; va, coquin, va, misérable, ne m'approche de ta vie.» La femme de l'orateur, ayant mis la tête à la fenêtre et avisant un homme qui doutait que le pape fût antéchrist, lui répandit sur le chef[1] un plein... Ô ciel ! à quel excès se porte le zèle de la religion dans les dames !

Un homme qui n'avait point été baptisé, un bon anabaptiste[2], nommé Jacques, vit la manière cruelle et ignominieuse dont on traitait ainsi un de ses frères, un être à deux pieds sans plumes, qui avait une âme ; il l'amena chez lui, le nettoya, lui donna du pain et de la bière, lui fit présent de deux florins, et voulut même lui apprendre à travailler dans ses manufactures aux étoffes de Perse qu'on fabrique en Hollande. Candide, se prosternant presque devant lui, s'écriait : «Maître Pangloss me l'avait bien dit que tout est au mieux dans ce monde, car je suis infiniment plus touché de votre extrême générosité que de la dureté de ce monsieur à manteau noir et de madame son épouse.»

1. La tête.
2. Membre d'une secte protestante prônant le baptême à partir de l'âge de raison.

Le lendemain, en se promenant, il rencontra un gueux tout couvert de pustules, les yeux morts, le bout du nez rongé, la bouche de travers, les dents noires, et parlant de la gorge, tour-
215 — menté d'une toux violente et crachant une dent à chaque effort.

CHAPITRE 4

Comment Candide rencontra
son ancien maître de philosophie,
le docteur Pangloss, et ce qui en advint

Candide, plus ému encore de compassion que d'horreur, donna à cet épouvantable gueux les deux florins qu'il avait reçus de son honnête anabaptiste Jacques. Le fantôme le regarda fixement, versa des larmes, et sauta à son cou. Candide, effrayé, recule. « Hélas ! dit le misérable à l'autre misérable, ne reconnais- _ 220 sez-vous plus votre cher Pangloss ? — Qu'entends-je ? Vous, mon cher maître ! vous, dans cet état horrible ! Quel malheur vous est-il donc arrivé ? Pourquoi n'êtes-vous plus dans le plus beau des châteaux ? Qu'est devenue Mlle Cunégonde, la perle des filles, le chef-d'œuvre de la nature ? — Je n'en peux plus », dit Pangloss. Aussitôt _ 225 Candide le mena dans l'étable de l'anabaptiste, où il lui fit manger un peu de pain ; et quand Pangloss fut refait : « Eh bien ! lui dit-il, Cunégonde ? — Elle est morte », reprit l'autre. Candide s'évanouit à ce mot ; son ami rappela ses sens avec un peu de mauvais vinaigre qui se trouva par hasard dans l'étable. Candide rouvre les yeux. _ 230 « Cunégonde est morte ! Ah ! meilleur des mondes, où êtes-vous ? Mais de quelle maladie est-elle morte ? ne serait-ce point de m'avoir vu chasser du beau château de monsieur son père à grands coups de pied ? — Non, dit Pangloss ; elle a été éventrée par des soldats bulgares, après avoir été violée autant qu'on peut l'être ; ils ont _ 235

cassé la tête à monsieur le baron qui voulait la défendre ; madame la baronne a été coupée en morceaux ; mon pauvre pupille[1], traité précisément comme sa sœur ; et quant au château, il n'est pas resté pierre sur pierre, pas une grange, pas un mouton, pas un canard, 240 pas un arbre ; mais nous avons été bien vengés, car les Abares en ont fait autant dans une baronnie voisine qui appartenait à un seigneur bulgare. »

À ce discours, Candide s'évanouit encore ; mais revenu à soi, et ayant dit tout ce qu'il devait dire, il s'enquit de la cause et de l'effet, 245 et de la raison suffisante qui avait mis Pangloss dans un si piteux état. « Hélas ! dit l'autre, c'est l'amour ; l'amour, le consolateur du genre humain, le conservateur de l'univers, l'âme de tous les êtres sensibles, le tendre amour. — Hélas ! dit Candide, je l'ai connu, cet amour, ce souverain des cœurs, cette âme de notre âme ; il 250 ne m'a jamais valu qu'un baiser et vingt coups de pied au cul. Comment cette belle cause a-t-elle pu produire en vous un effet si abominable ? »

Pangloss répondit en ces termes : « Ô mon cher Candide ! vous avez connu Paquette, cette jolie suivante de notre auguste 255 baronne ; j'ai goûté dans ses bras les délices du paradis, qui ont produit ces tourments d'enfer dont vous me voyez dévoré ; elle en était infectée[2], elle en est peut-être morte. Paquette tenait ce présent d'un cordelier très savant, qui avait remonté à la source ;

1. Jeune enfant placé sous la responsabilité d'un précepteur. Ici « mon pauvre pupille » désigne le jeune baron, frère de Cunégonde.
2. Paquette a donc contaminé Pangloss, par une maladie sexuellement transmissible, sans doute la petite vérole (ou syphilis) qui pouvait défigurer les malades.

car il l'avait eue d'une vieille comtesse, qui l'avait reçue d'un capitaine de cavalerie, qui la devait à une marquise, qui la tenait d'un page, qui l'avait reçue d'un jésuite, qui, étant novice, l'avait eue en droite ligne d'un des compagnons de Christophe Colomb. Pour moi, je ne la donnerai à personne, car je me meurs. — 260

— Ô Pangloss ! s'écria Candide, voilà une étrange généalogie ! n'est-ce pas le diable qui en fut la souche ? — Point du tout, répliqua ce grand homme ; c'était une chose indispensable dans le meilleur des mondes, un ingrédient nécessaire ; car si Colomb n'avait pas attrapé, dans une île de l'Amérique, cette maladie qui empoisonne la source de la génération, qui souvent même empêche la génération, et qui est évidemment l'opposé du grand but de — 265 la nature, nous n'aurions ni le chocolat ni la cochenille[1] ; il faut encore observer que jusqu'aujourd'hui, dans notre continent, cette maladie nous est particulière, comme la controverse. Les Turcs, les Indiens, les Persans, les Chinois, les Siamois, les Japonais, ne la connaissent pas encore ; mais il y a une raison suffisante pour — 275 qu'ils la connaissent à leur tour dans quelques siècles. En attendant, elle a fait un merveilleux progrès parmi nous, et surtout dans ces grandes armées composées d'honnêtes stipendiaires[2], bien élevés, qui décident du destin des États ; on peut assurer que, quand trente mille hommes combattent en bataille rangée contre — 280 des troupes égales en nombre, il y a environ vingt mille vérolés de chaque côté.

1. Petit insecte vivant en Amérique utilisé pour produire les teintures rouges.
2. Ici, des soldats payés pour combattre, des mercenaires.

— Voilà qui est admirable, dit Candide, mais il faut vous faire guérir. — Et comment le puis-je ? dit Pangloss ; je n'ai pas le sou, mon ami ; et dans toute l'étendue de ce globe, on ne peut ni se faire saigner ni prendre un lavement sans payer, ou sans qu'il y ait quelqu'un qui paye pour nous. »

Ce dernier discours détermina Candide ; il alla se jeter aux pieds de son charitable anabaptiste Jacques, et lui fit une peinture si touchante de l'état où son ami était réduit que le bonhomme n'hésita pas à recueillir le docteur Pangloss ; il le fit guérir à ses dépens. Pangloss, dans la cure, ne perdit qu'un œil et une oreille. Il écrivait bien et savait parfaitement l'arithmétique. L'anabaptiste Jacques en fit son teneur de livres. Au bout de deux mois, étant obligé d'aller à Lisbonne pour les affaires de son commerce, il mena dans son vaisseau ses deux philosophes. Pangloss lui expliqua comment tout était on ne peut mieux. Jacques n'était pas de cet avis. « Il faut bien, disait-il, que les hommes aient un peu corrompu la nature, car ils ne sont point nés loups, et ils sont devenus loups. Dieu ne leur a donné ni canon de vingt-quatre ni baïonnettes, et ils se sont fait des baïonnettes et des canons pour se détruire. Je pourrais mettre en ligne de compte les banqueroutes, et la justice qui s'empare des biens des banqueroutiers pour en frustrer les créanciers. — Tout cela était indispensable, répliquait le docteur borgne, et les malheurs particuliers font le bien général, de sorte que plus il y a de malheurs particuliers, et plus tout est bien. » Tandis qu'il raisonnait, l'air s'obscurcit, les vents soufflèrent des quatre coins du monde et le vaisseau fut assailli de la plus horrible tempête à la vue du port de Lisbonne.

Tempête, naufrage, tremblement de terre, et ce qui advint du docteur Pangloss, de Candide et de l'anabaptiste Jacques

L a moitié des passagers, affaiblis, expirants de ces angoisses — 310
inconcevables que le roulis d'un vaisseau porte dans les nerfs
et dans toutes les humeurs du corps agitées en sens contraire,
n'avait pas même la force de s'inquiéter du danger. L'autre moitié
jetait des cris et faisait des prières ; les voiles étaient déchirées, les
mâts brisés, le vaisseau entrouvert. Travaillait qui pouvait, per- — 315
sonne ne s'entendait, personne ne commandait. L'anabaptiste
aidait un peu à la manœuvre ; il était sur le tillac[1] ; un matelot
furieux le frappe rudement et l'étend sur les planches ; mais du
coup qu'il lui donna il eut lui-même une si violente secousse
qu'il tomba hors du vaisseau la tête la première. Il restait sus- — 320
pendu et accroché à une partie de mât rompue. Le bon Jacques
court à son secours, l'aide à remonter, et de l'effort qu'il fit il est
précipité dans la mer à la vue du matelot, qui le laissa périr, sans
daigner seulement le regarder. Candide approche, voit son bien-
faiteur qui reparaît un moment et qui est englouti pour jamais. — 325
Il veut se jeter après lui dans la mer ; le philosophe Pangloss

1. Pont supérieur d'un bateau.

l'en empêche, en lui prouvant que la rade de Lisbonne avait été formée exprès pour que cet anabaptiste s'y noyât. Tandis qu'il le prouvait *a priori*, le vaisseau s'entrouvre, tout périt à la réserve de
330 _ Pangloss, de Candide, et de ce brutal de matelot qui avait noyé le vertueux anabaptiste ; le coquin nagea heureusement jusqu'au rivage, où Pangloss et Candide furent portés sur une planche.

Quand ils furent revenus un peu à eux, ils marchèrent vers Lisbonne ; il leur restait quelque argent, avec lequel ils espéraient
335 _ se sauver de la faim après avoir échappé à la tempête.

À peine ont-ils mis le pied dans la ville en pleurant la mort de leur bienfaiteur, qu'ils sentent la terre trembler sous leurs pas ; la mer s'élève en bouillonnant dans le port, et brise les vaisseaux qui sont à l'ancre. Des tourbillons de flammes et de cendres
340 _ couvrent les rues et les places publiques ; les maisons s'écroulent, les toits sont renversés sur les fondements, et les fondements se dispersent ; trente mille habitants de tout âge et de tout sexe sont écrasés sous des ruines[1]. Le matelot disait en sifflant et en jurant : « Il y aura quelque chose à gagner ici. — Quelle peut être
345 _ la raison suffisante de ce phénomène ? disait Pangloss. — Voici le dernier jour du monde ! » s'écriait Candide. Le matelot court incontinent[2] au milieu des débris, affronte la mort pour trouver de l'argent, en trouve, s'en empare, s'enivre, et, ayant cuvé son vin, achète les faveurs de la première fille de bonne volonté

1. Voltaire évoque ici le grand tremblement de terre de Lisbonne en novembre 1755. Le nombre de morts évoqué correspond bien à ce que rapportent les historiens.
2. Ici, immédiatement, aussitôt.

qu'il rencontre sur les ruines des maisons détruites et au milieu _ 350
des mourants et des morts. Pangloss le tirait cependant par la
manche. «Mon ami, lui disait-il, cela n'est pas bien, vous man-
quez à la raison universelle, vous prenez mal votre temps. — Tête
et sang! répondit l'autre, je suis matelot et né à Batavia[1]; j'ai
marché quatre fois sur le crucifix dans quatre voyages au Japon; _ 355
tu as bien trouvé ton homme avec ta raison universelle!»

Quelques éclats de pierre avaient blessé Candide; il était
étendu dans la rue et couvert de débris. Il disait à Pangloss:
«Hélas! procure-moi un peu de vin et d'huile; je me meurs.
— Ce tremblement de terre n'est pas une chose nouvelle, répon- _ 360
dit Pangloss; la ville de Lima éprouva les mêmes secousses en
Amérique l'année passée; mêmes causes, mêmes effets: il y a cer-
tainement une traînée de soufre sous terre depuis Lima jusqu'à
Lisbonne. — Rien n'est plus probable, dit Candide; mais, pour
Dieu, un peu d'huile et de vin. — Comment, probable? répliqua _ 365
le philosophe; je soutiens que la chose est démontrée.» Candide
perdit connaissance, et Pangloss lui apporta un peu d'eau d'une
fontaine voisine.

Le lendemain, ayant trouvé quelques provisions de bouche en
se glissant à travers des décombres, ils réparèrent un peu leurs _ 370
forces. Ensuite, ils travaillèrent comme les autres à soulager les
habitants échappés à la mort. Quelques citoyens secourus par
eux leur donnèrent un aussi bon dîner qu'on le pouvait dans

1. Autre nom de Djakarta, ville d'Indonésie. C'était une colonie hollandaise.

un tel désastre. Il est vrai que le repas était triste ; les convives
375 _ arrosaient leur pain de leurs larmes ; mais Pangloss les consola
en les assurant que les choses ne pouvaient être autrement : «Car,
dit-il, tout ceci est ce qu'il y a de mieux. Car, s'il y a un volcan à
Lisbonne, il ne pouvait être ailleurs. Car il est impossible que les
choses ne soient pas où elles sont. Car tout est bien.»

380 _ Un petit homme noir, familier de l'Inquisition[1], lequel était à
côté de lui, prit poliment la parole et dit : «Apparemment que
monsieur ne croit pas au péché originel ; car, si tout est au mieux,
il n'y a donc eu ni chute ni punition.

— Je demande très humblement pardon à Votre Excellence,
385 _ répondit Pangloss encore plus poliment, car la chute de l'homme
et la malédiction entraient nécessairement dans le meilleur des
mondes possibles. — Monsieur ne croit donc pas à la liberté ?
dit le familier. — Votre Excellence m'excusera, dit Pangloss ; la
liberté peut subsister avec la nécessité absolue ; car il était néces-
390 _ saire que nous fussions libres ; car enfin la volonté déterminée...»
Pangloss était au milieu de sa phrase, quand le familier fit un
signe de tête à son estafier[2] qui lui servait à boire du vin de Porto,
ou d'Oporto.

1. Membre du tribunal religieux, l'Inquisition, fondé par l'Église catholique pour lutter contre les héré-
tiques, c'est-à-dire ceux qui ne respectent pas les dogmes catholiques. Voir *Les mots ont une histoire*,
p. 160.
2. Domestique portant une arme.

CHAPITRE 6

Comment on fit un bel auto-da-fé[1]
pour empêcher les tremblements de terre,
et comment Candide fut fessé

Après le tremblement de terre qui avait détruit les trois quarts de Lisbonne, les sages du pays n'avaient pas trouvé _ 395 un moyen plus efficace pour prévenir une ruine totale que de donner au peuple un bel auto-da-fé ; il était décidé par l'université de Coïmbre que le spectacle de quelques personnes brûlées à petit feu, en grande cérémonie, est un secret infaillible pour empêcher la terre de trembler. _ 400

On avait en conséquence saisi un Biscayen[2] convaincu d'avoir épousé sa commère, et deux Portugais qui en mangeant un poulet en avaient arraché le lard[3] : on vint lier après le dîner le docteur Pangloss et son disciple Candide, l'un pour avoir parlé, et l'autre pour avoir écouté avec un air d'approbation : tous deux furent _ 405 menés séparément dans des appartements d'une extrême fraîcheur, dans lesquels on n'était jamais incommodé du soleil ; huit jours

1. Cérémonie organisée par l'Inquisition au cours de laquelle les hérétiques sont, le plus souvent, condamnés à mourir brûlés vifs.
2. Un homme originaire de la Biscaye en Espagne.
3. Puisqu'il a retiré la tranche de lard qui bardait le poulet, cet homme est soupçonné d'être juif. En effet, le judaïsme interdit la consommation de porc.

après ils furent tous deux revêtus d'un *san-benito*, et on orna leurs têtes de mitres[1] de papier : la mitre et le san-benito de Candide

410 _ étaient peints de flammes renversées et de diables qui n'avaient ni queues ni griffes ; mais les diables de Pangloss portaient griffes et queues, et les flammes étaient droites. Ils marchèrent en procession ainsi vêtus, et entendirent un sermon très pathétique, suivi d'une belle musique en faux-bourdon. Candide fut fessé en cadence, pen-

415 _ dant qu'on chantait ; le Biscayen et les deux hommes qui n'avaient point voulu manger de lard furent brûlés, et Pangloss fut pendu, quoique ce ne soit pas la coutume. Le même jour la terre trembla de nouveau avec un fracas épouvantable.

Candide, épouvanté, interdit[2], éperdu, tout sanglant, tout pal-

420 _ pitant, se disait à lui-même. « Si c'est ici le meilleur des mondes possibles, que sont donc les autres ? Passe encore si je n'étais que fessé, je l'ai été chez les Bulgares. Mais, ô mon cher Pangloss ! le plus grand des philosophes, faut-il vous avoir vu pendre sans que je sache pourquoi ! Ô mon cher anabaptiste, le meilleur

425 _ des hommes, faut-il que vous ayez été noyé dans le port ! Ô Mlle Cunégonde ! la perle des filles, faut-il qu'on vous ait fendu le ventre ! »

Il s'en retournait, se soutenant à peine, prêché, fessé, absous et béni, lorsqu'une vieille l'aborda et lui dit :

430 _ « Mon fils, prenez courage, suivez-moi. »

1. Le « *san benito* » et les « mitres » désignent la tenue que les condamnés portent : il s'agit d'une chemise large et de coiffes pointues.
2. Saisi d'étonnement, incapable de bouger.

Comment une vieille prit soin de Candide, et comment il retrouva ce qu'il aimait

Candide ne prit point courage, mais il suivit la vieille dans une masure; elle lui donna un pot de pommade pour se frotter, lui laissa à manger et à boire; elle lui montra un petit lit assez propre; il y avait auprès du lit un habit complet. «Mangez, buvez, dormez, lui dit-elle, et que Notre-Dame d'Atocha, _435 Mgr saint Antoine de Padoue et Mgr saint Jacques de Compostelle prennent soin de vous : je reviendrai demain.» Candide, toujours étonné de tout ce qu'il avait vu, de tout ce qu'il avait souffert, et encore plus de la charité de la vieille, voulut lui baiser la main. «Ce n'est pas ma main qu'il faut baiser, dit la vieille; je _440 reviendrai demain. Frottez-vous de pommade, mangez et dormez.»

Candide, malgré tant de malheurs, mangea et dormit. Le lendemain la vieille lui apporte à déjeuner, visite son dos, le frotte elle-même d'une autre pommade; elle lui apporte ensuite à dîner; _445 elle revient sur le soir, et apporte à souper. Le surlendemain elle fit encore les mêmes cérémonies. «Qui êtes-vous? lui disait toujours Candide; qui vous a inspiré tant de bonté? quelles grâces puis-je vous rendre?» La bonne femme ne répondait jamais

450 _ rien ; elle revint sur le soir et n'apporta point à souper. « Venez avec moi, dit-elle, et ne dites mot. » Elle le prend sous le bras, et marche avec lui dans la campagne environ un quart de mille : ils arrivent à une maison isolée, entourée de jardins et de canaux. La vieille frappe à une petite porte. On ouvre ; elle mène Candide,

455 _ par un escalier dérobé, dans un cabinet doré, le laisse sur un canapé de brocart, referme la porte, et s'en va. Candide croyait rêver, et regardait toute sa vie comme un songe funeste, et le moment présent comme un songe agréable.

La vieille reparut bientôt ; elle soutenait avec peine une femme

460 _ tremblante, d'une taille majestueuse, brillante de pierreries et couverte d'un voile. « Ôtez ce voile », dit la vieille à Candide. Le jeune homme approche ; il lève le voile d'une main timide. Quel moment ! quelle surprise ! il croit voir Mlle Cunégonde ; il la voyait en effet, c'était elle-même. La force lui manque, il

465 ne peut proférer une parole, il tombe à ses pieds. Cunégonde tombe sur le canapé. La vieille les accable d'eaux spiritueuses[1] ; ils reprennent leurs sens, ils se parlent : ce sont d'abord des mots entrecoupés, des demandes et des réponses qui se croisent, des soupirs, des larmes, des cris. La vieille leur recommande de faire

470 _ moins de bruit, et les laisse en liberté. « Quoi ! c'est vous, lui dit Candide, vous vivez ! Je vous retrouve en Portugal ! On ne vous a donc pas violée ? On ne vous a point fendu le ventre, comme le philosophe Pangloss me l'avait assuré ? — Si fait, dit la belle

1. Boissons alcoolisées.

Cunégonde; mais on ne meurt pas toujours de ces deux acci- dents. — Mais votre père et votre mère ont-ils été tués? — Il _ 475 n'est que trop vrai, dit Cunégonde en pleurant. — Et votre frère? — Mon frère a été tué aussi. — Et pourquoi êtes-vous en Portu- gal? et comment avez-vous su que j'y étais? et par quelle étrange aventure m'avez-vous fait conduire dans cette maison? — Je vous dirai tout cela, répliqua la dame; mais il faut auparavant que _ 480 vous m'appreniez tout ce qui vous est arrivé depuis le baiser innocent que vous me donnâtes et les coups de pied que vous reçûtes.»

Candide lui obéit avec un profond respect; et quoiqu'il fût interdit, quoique sa voix fût faible et tremblante, quoique _ 485 l'échine lui fît encore un peu mal, il lui raconta de la manière la plus naïve tout ce qu'il avait éprouvé depuis le moment de leur séparation. Cunégonde levait les yeux au ciel; elle donna des larmes à la mort du bon anabaptiste et de Pangloss; après quoi elle parla en ces termes à Candide, qui ne perdait pas une parole, _ 490 et qui la dévorait des yeux.

CHAPITRE 8
Histoire de Cunégonde

« J'étais dans mon lit et je dormais profondément, quand il plut au ciel d'envoyer les Bulgares dans notre beau château de Thunder-ten-tronckh ; ils égorgèrent mon père et mon frère, et coupèrent ma mère par morceaux. Un grand Bulgare, haut de six pieds, voyant qu'à ce spectacle j'avais perdu connaissance, se mit à me violer ; cela me fit revenir, je repris mes sens, je criai, je me débattis, je mordis, j'égratignai, je voulais arracher les yeux à ce grand Bulgare, ne sachant pas que tout ce qui arrivait dans le château de mon père était une chose d'usage : le brutal me donna un coup de couteau dans le flanc gauche dont je porte encore la marque. — Hélas ! j'espère bien la voir, dit le naïf Candide. — Vous la verrez, dit Cunégonde ; mais continuons. — Continuez », dit Candide.

Elle reprit ainsi le fil de son histoire : « Un capitaine bulgare entra, il me vit toute sanglante, et le soldat ne se dérangeait pas. Le capitaine se mit en colère du peu de respect que lui témoignait ce brutal, et le tua sur mon corps. Ensuite il me fit panser[1], et m'emmena prisonnière de guerre dans son quartier. Je blanchissais le peu de chemises qu'il avait, je faisais sa cuisine ; il me trouvait

1. Soigner.

fort jolie, il faut l'avouer; et je ne nierai pas qu'il ne fût très bien _ 510
fait, et qu'il n'eût la peau blanche et douce; d'ailleurs peu d'esprit,
peu de philosophie : on voyait bien qu'il n'avait pas été élevé par
le docteur Pangloss. Au bout de trois mois, ayant perdu tout son
argent et s'étant dégoûté de moi, il me vendit à un Juif nommé
don Issacar, qui trafiquait en Hollande et en Portugal, et qui aimait _ 515
passionnément les femmes. Ce Juif s'attacha beaucoup à ma per-
sonne, mais il ne pouvait en triompher; je lui ai mieux résisté
qu'au soldat bulgare. Une personne d'honneur peut être violée
une fois, mais sa vertu s'en affermit. Le Juif, pour m'apprivoiser, me
mena dans cette maison de campagne que vous voyez. J'avais cru _ 520
jusque-là qu'il n'y avait rien sur la terre de si beau que le château
de Thunder-ten-tronckh; j'ai été détrompée.

« Le grand inquisiteur m'aperçut un jour à la messe, il me lorgna
beaucoup, et me fit dire qu'il avait à me parler pour des affaires
secrètes. Je fus conduite à son palais; je lui appris ma naissance; _ 525
il me représenta combien il était au-dessous de mon rang d'ap-
partenir à un Israélite. On proposa de sa part à don Issacar de
me céder à monseigneur. Don Issacar, qui est le banquier de la
cour et homme de crédit, n'en voulut rien faire. L'inquisiteur le
menaça d'un auto-da-fé. Enfin mon Juif, intimidé, conclut un mar- _ 530
ché, par lequel la maison et moi leur appartiendraient à tous deux
en commun; que le Juif aurait pour lui les lundis, mercredis et
le jour du sabbat[1], et que l'inquisiteur aurait les autres jours de la
semaine. Il y a six mois que cette convention subsiste. Ce n'a pas

1. Le jour du sabbat (ou shabbat) est le jour de repos dans la religion juive (du vendredi soir au samedi soir).

535 _ été sans querelles; car souvent il a été indécis si la nuit du samedi au dimanche appartenait à l'ancienne loi ou à la nouvelle. Pour moi, j'ai résisté jusqu'à présent à toutes les deux, et je crois que c'est pour cette raison que j'ai toujours été aimée.

«Enfin, pour détourner le fléau des tremblements de terre, et 540 _ pour intimider don Issacar, il plut à monseigneur l'inquisiteur de célébrer un auto-da-fé. Il me fit l'honneur de m'y inviter. Je fus très bien placée; on servit aux dames des rafraîchissements entre la messe et l'exécution. Je fus, à la vérité, saisie d'horreur en voyant brûler ces deux Juifs et cet honnête Biscayen qui avait épousé sa 545 _ commère; mais quelle fut ma surprise, mon effroi, mon trouble, quand je vis, dans un san-benito et sous une mitre, une figure qui ressemblait à celle de Pangloss! Je me frottai les yeux, je regardai attentivement, je le vis pendre; je tombai en faiblesse. À peine reprenais-je mes sens que je vous vis dépouillé tout nu : ce fut 550 _ là le comble de l'horreur, de la consternation, de la douleur, du désespoir. Je vous dirai, avec vérité, que votre peau est encore plus blanche et d'un incarnat plus parfait que celle de mon capitaine des Bulgares. Cette vue redoubla tous les sentiments qui m'accablaient, qui me dévoraient. Je m'écriai, je voulus dire : "Arrêtez, 555 _ barbares!" mais la voix me manqua, et mes cris auraient été inutiles. Quand vous eûtes été bien fessé : "Comment se peut-il faire, disais-je, que l'aimable Candide et le sage Pangloss se trouvent à Lisbonne, l'un pour recevoir cent coups de fouet, et l'autre pour être pendu par l'ordre de monseigneur l'inquisiteur dont je suis la 560 _ bien-aimée? Pangloss m'a donc bien cruellement trompée quand il me disait que tout va le mieux du monde"».

«Agitée, éperdue, tantôt hors de moi-même, et tantôt prête de mourir de faiblesse, j'avais la tête remplie du massacre de mon père, de ma mère, de mon frère, de l'insolence de mon vilain soldat bulgare, du coup de couteau qu'il me donna, de ma servitude, de _ 565 mon métier de cuisinière, de mon capitaine bulgare, de mon vilain don Issacar, de mon abominable inquisiteur, de la pendaison du docteur Pangloss, de ce grand *miserere* en faux-bourdon[1] pendant lequel on vous fessait, et surtout du baiser que je vous avais donné derrière un paravent, le jour que je vous avais vu pour la dernière _ 570 fois. Je louai Dieu qui vous ramenait à moi par tant d'épreuves. Je recommandai à ma vieille d'avoir soin de vous, et de vous amener ici dès qu'elle le pourrait. Elle a très bien exécuté ma commission; j'ai goûté le plaisir inexprimable de vous revoir, de vous entendre, de vous parler. Vous devez avoir une faim dévorante; j'ai grand _ 575 appétit; commençons par souper.»

Les voilà qui se mettent tous deux à table; et après le souper, ils se replacent sur ce beau canapé dont on a déjà parlé; ils y étaient quand le signor don Issacar, l'un des maîtres de la maison, arriva. C'était le jour du sabbat. Il venait jouir de ses droits, et expliquer _ 580 son tendre amour.

1. Chant religieux destiné à implorer la pitié de Dieu. «En faux-bourdon» signifie que la musique est essentiellement composée de basses.

CHAPITRE 9

Ce qui advint de Cunégonde, de Candide, du grand Inquisiteur et d'un Juif

Cet Issacar était le plus colérique Hébreu qu'on eût vu dans Israël depuis la captivité en Babylone[1]. «Quoi! dit-il, chienne de Galiléenne, ce n'est pas assez de monsieur l'inquisiteur? Il faut que ce coquin partage aussi avec moi?» En disant cela il tire un long poignard dont il était toujours pourvu, et ne croyant pas que son adverse partie eût des armes, il se jette sur Candide; mais notre bon Westphalien avait reçu une belle épée de la vieille avec l'habit complet. Il tire son épée, quoiqu'il eût les mœurs fort douces, et vous étend l'Israélite roide mort sur le carreau, aux pieds de la belle Cunégonde.

«Sainte Vierge! s'écria-t-elle, qu'allons-nous devenir? Un homme tué chez moi! si la justice vient, nous sommes perdus. — Si Pangloss n'avait pas été pendu, dit Candide, il nous donnerait un bon conseil dans cette extrémité, car c'était un grand philosophe. À son défaut consultons la vieille.» Elle était fort prudente, et commençait à dire son avis, quand une autre petite porte s'ouvrit. Il était une heure après minuit, c'était le

1. Voltaire fait ici référence à l'épisode biblique de la captivité des Juifs (les Hébreux) à Babylone sous le règne de Nabuchodonosor II.

commencement du dimanche. Ce jour appartenait à monseigneur l'inquisiteur. Il entre et voit le fessé Candide l'épée à la _ 600 main, un mort étendu par terre, Cunégonde effarée, et la vieille donnant des conseils.

Voici dans ce moment ce qui se passa dans l'âme de Candide, et comment il raisonna : «Si ce saint homme appelle du secours, il me fera infailliblement brûler ; il pourra en faire autant de Cuné- _ 605 gonde ; il m'a fait fouetter impitoyablement ; il est mon rival ; je suis en train de tuer, il n'y a pas à balancer.» Ce raisonnement fut net et rapide ; et sans donner le temps à l'inquisiteur de revenir de sa surprise, il le perce d'outre en outre, et le jette à côté du Juif. «En voici bien d'une autre[1], dit Cunégonde ; il n'y a plus de _ 610 rémission ; nous sommes excommuniés, notre dernière heure est venue. Comment avez-vous fait, vous qui êtes né si doux, pour tuer en deux minutes un Juif et un prélat ? — Ma belle demoiselle, répondit Candide, quand on est amoureux, jaloux et fouetté par l'Inquisition, on ne se connaît plus.» _ 615

La vieille prit alors la parole et dit : «Il y a trois chevaux andalous dans l'écurie, avec leurs selles et leurs brides : que le brave Candide les prépare ; madame a des moyadors[2] et des diamants : montons vite à cheval, quoique je ne puisse me tenir que sur une fesse, et allons à Cadix ; il fait le plus beau temps du monde, et _ 620 c'est un grand plaisir de voyager pendant la fraîcheur de la nuit.»

Aussitôt Candide selle les trois chevaux. Cunégonde, la vieille

1. «Il ne manquait plus que cela.» L'expression est vieillie.
2. Ancienne monnaie d'or du Portugal.

et lui font trente milles d'une traite. Pendant qu'ils s'éloignaient, la Sainte-Hermandad[1] arrive dans la maison ; on enterre monsei-
625 — gneur dans une belle église, et on jette Issacar à la voirie.

Candide, Cunégonde et la vieille étaient déjà dans la petite ville d'Avacéna, au milieu des montagnes de la Sierra-Morena ; et ils parlaient ainsi dans un cabaret.

1. Compagnie de police chargée de l'ordre public en Espagne qui existera jusqu'au XIXᵉ siècle.

CHAPITRE 10

Dans quelle détresse Candide, Cunégonde et la vieille arrivent à Cadix, et de leur embarquement

«Qui a donc pu me voler mes pistoles et mes diamants? disait en pleurant Cunégonde; de quoi vivrons-nous? _ 630 comment ferons-nous? où trouver des inquisiteurs et des Juifs qui m'en donnent d'autres? — Hélas! dit la vieille, je soupçonne fort un révérend père cordelier qui coucha hier dans la même auberge que nous à Badajoz; Dieu me garde de faire un jugement téméraire! mais il entra deux fois dans notre chambre, et _ 635 il partit longtemps avant nous. — Hélas! dit Candide, le bon Pangloss m'avait souvent prouvé que les biens de la terre sont communs à tous les hommes, que chacun y a un droit égal. Ce cordelier devait bien, suivant ces principes, nous laisser de quoi achever notre voyage. Il ne vous reste donc rien du tout, ma _ 640 belle Cunégonde? — Pas un maravédis[1], dit-elle. — Quel parti prendre? dit Candide. — Vendons un des chevaux, dit la vieille; je monterai en croupe derrière mademoiselle, quoique je ne puisse me tenir que sur une fesse, et nous arriverons à Cadix.»

1. Petite monnaie d'Espagne de faible valeur.

645 — Il y avait dans la même hôtellerie un prieur de bénédictins; il acheta le cheval bon marché. Candide, Cunégonde et la vieille passèrent par Lucena, par Chillas, par Lebrixa, et arrivèrent enfin à Cadix. On y équipait une flotte, et on y assemblait des troupes pour mettre à la raison[1] les révérends pères jésuites du Paraguay,

650 — qu'on accusait d'avoir fait révolter une de leurs hordes contre les rois d'Espagne et de Portugal, auprès de la ville du Saint-Sacrement. Candide, ayant servi chez les Bulgares, fit l'exercice bulgarien devant le général de la petite armée avec tant de grâce, de célérité, d'adresse, de fierté, d'agilité, qu'on lui donna une compa-

655 — gnie d'infanterie à commander. Le voilà capitaine; il s'embarque avec Mlle Cunégonde, la vieille, deux valets et les deux chevaux andalous qui avaient appartenu à M. le grand inquisiteur de Portugal.

Pendant toute la traversée ils raisonnèrent beaucoup sur la

660 — philosophie du pauvre Pangloss. «Nous allons dans un autre univers, disait Candide; c'est dans celui-là sans doute que tout est bien. Car il faut avouer qu'on pourrait gémir un peu de ce qui se passe dans le nôtre en physique et en morale. — Je vous aime de tout mon cœur, disait Cunégonde; mais j'ai encore l'âme tout

665 — effarouchée de ce que j'ai vu, de ce que j'ai éprouvé. — Tout ira bien, répliquait Candide; la mer de ce nouveau monde vaut déjà mieux que les mers de notre Europe; elle est plus calme, les vents plus constants. C'est certainement le nouveau monde qui est le

1. Ici, punir.

meilleur des univers possibles. — Dieu le veuille! disait Cuné-
gonde; mais j'ai été si horriblement malheureuse dans le mien _ 670
que mon cœur est presque fermé à l'espérance. — Vous vous
plaignez, leur dit la vieille; hélas! vous n'avez pas éprouvé des
infortunes telles que les miennes.» Cunégonde se mit presque à
rire, et trouva cette bonne femme fort plaisante de prétendre être
plus malheureuse qu'elle. «Hélas! lui dit-elle, ma bonne, à moins _ 675
que vous n'ayez été violée par deux Bulgares, que vous n'ayez
reçu deux coups de couteau dans le ventre, qu'on n'ait démoli
deux de vos châteaux, qu'on n'ait égorgé à vos yeux deux mères
et deux pères, et que vous n'ayez vu deux de vos amants fouettés
dans un auto-da-fé, je ne vois pas que vous puissiez l'emporter _ 680
sur moi; ajoutez que je suis née baronne avec soixante et douze
quartiers, et que j'ai été cuisinière. — Mademoiselle, répondit la
vieille, vous ne savez pas quelle est ma naissance; et si je vous
montrais mon derrière, vous ne parleriez pas comme vous faites,
et vous suspendriez votre jugement.» Ce discours fit naître une _ 685
extrême curiosité dans l'esprit de Cunégonde et de Candide. La
vieille leur parla en ces termes.

CHAPITRE 11
Histoire de la vieille

« Je n'ai pas eu toujours les yeux éraillés et bordés d'écarlate ; mon nez n'a pas toujours touché à mon menton, et je n'ai pas toujours été servante. Je suis la fille du pape Urbain X, et de la princesse de Palestrine. On m'éleva jusqu'à quatorze ans dans un palais auquel tous les châteaux de vos barons allemands n'auraient pas servi d'écurie ; et une de mes robes valait mieux que toutes les magnificences de la Westphalie. Je croissais en beauté, en grâces, en talents, au milieu des plaisirs, des respects et des espérances. J'inspirais déjà de l'amour, ma gorge¹ se formait ; et quelle gorge ! blanche, ferme, taillée comme celle de la Vénus de Médicis ; et quels yeux ! quelles paupières ! quels sourcils noirs ! quelles flammes brillaient dans mes deux prunelles, et effaçaient la scintillation des étoiles, comme me disaient les poètes du quartier. Les femmes qui m'habillaient et qui me déshabillaient tombaient en extase en me regardant par-devant et par-derrière, et tous les hommes auraient voulu être à leur place.

« Je fus fiancée à un prince souverain de Massa-Carrara. Quel

1. Poitrine. On retrouve ce sens dans le soutien-gorge.

prince! aussi beau que moi, pétri de douceur et d'agréments, _705
brillant d'esprit et brûlant d'amour. Je l'aimais comme on aime
pour la première fois, avec idolâtrie, avec emportement. Les
noces furent préparées. C'était une pompe, une magnificence
inouïe; c'étaient des fêtes, des carrousels, des opera-buffa¹ conti-
nuels; et toute l'Italie fit pour moi des sonnets dont il n'y eut _710
pas un seul de passable. Je touchais au moment de mon bonheur,
quand une vieille marquise qui avait été maîtresse de mon prince
l'invita à prendre du chocolat chez elle. Il mourut en moins de
deux heures avec des convulsions épouvantables. Mais ce n'est
qu'une bagatelle. Ma mère, au désespoir, et bien moins affligée _715
que moi, voulut s'arracher pour quelque temps à un séjour si
funeste. Elle avait une très belle terre auprès de Gaète. Nous nous
embarquâmes sur une galère du pays, dorée comme l'autel de
Saint-Pierre de Rome. Voilà qu'un corsaire de Salé fond sur nous
et nous aborde. Nos soldats se défendirent comme des soldats _720
du pape: ils se mirent tous à genoux en jetant leurs armes, et en
demandant au corsaire une absolution *in articulo mortis*².

«Aussitôt on les dépouilla nus comme des singes, et ma
mère aussi, nos filles d'honneur aussi, et moi aussi. C'est une
chose admirable que la diligence avec laquelle ces messieurs _725
déshabillent le monde. Mais ce qui me surprit davantage, c'est
qu'ils nous mirent à tous le doigt dans un endroit où nous

1. Des parades de cavaliers et des spectacles chantés sur des sujets légers. En français, on parle d'opéras-bouffes.
2. «À l'article de la mort», en latin. L'absolution *in articulo mortis* est un pardon religieux destiné aux mourants.

autres femmes nous ne nous laissons mettre d'ordinaire que des canules[1]. Cette cérémonie me paraissait bien étrange : voilà
730 — comme on juge de tout quand on n'est pas sorti de son pays. J'appris bientôt que c'était pour voir si nous n'avions pas caché là quelques diamants : c'est un usage établi de temps immémorial parmi les nations policées qui courent sur mer. J'ai su que MM. les religieux chevaliers de Malte n'y manquent jamais quand ils
735 — prennent des Turcs et des Turques ; c'est une loi du droit des gens à laquelle on n'a jamais dérogé.

« Je ne vous dirai point combien il est dur pour une jeune princesse d'être menée esclave[2] à Maroc avec sa mère. Vous concevez assez tout ce que nous eûmes à souffrir dans le vaisseau corsaire.
740 — Ma mère était encore très belle ; nos filles d'honneur, nos simples femmes de chambre, avaient plus de charmes qu'on n'en peut trouver dans toute l'Afrique. Pour moi, j'étais ravissante, j'étais la beauté, la grâce même, et j'étais pucelle ; je ne le fus pas long-temps : cette fleur qui avait été réservée pour le beau prince de
745 — Massa-Carrara me fut ravie par le capitaine corsaire ; c'était un nègre[3] abominable, qui croyait encore me faire beaucoup d'honneur. Certes, il fallait que Mme la princesse de Palestrine et moi fussions bien fortes pour résister à tout ce que nous éprouvâmes jusqu'à notre arrivée à Maroc. Mais passons ; ce sont des choses si communes qu'elles ne valent pas la peine qu'on en parle.

1. Petits tuyaux qui permettent d'administrer des lavements.
2. Être emmenée pour être réduite en esclavage. Voir *Les mots ont une histoire*, p. 160.
3. Personne à la peau noire. Voir *Les mots ont une histoire*, p. 160.

«Maroc nageait dans le sang quand nous arrivâmes. Cinquante fils de l'empereur Muley-Ismaël avaient chacun leur parti : ce qui produisait en effet cinquante guerres civiles, de noirs contre noirs, de noirs contre basanés, de basanés contre basanés, de mulâtres contre mulâtres. C'était un carnage continuel dans toute l'étendue de l'empire. ⎯ 755

«À peine fûmes-nous débarqués que des noirs d'une faction ennemie de celle de mon corsaire se présentèrent pour lui enlever son butin. Nous étions, après les diamants et l'or, ce qu'il avait de plus précieux. Je fus témoin d'un combat tel que vous ⎯ 760 n'en voyez jamais dans vos climats d'Europe. Les peuples septentrionaux n'ont pas le sang assez ardent. Ils n'ont pas la rage des femmes au point où elle est commune en Afrique. Il semble que vos Européens aient du lait dans les veines ; c'est du vitriol, c'est du feu qui coule dans celles des habitants du mont Atlas et ⎯ 765 des pays voisins. On combattit avec la fureur des lions, des tigres et des serpents de la contrée, pour savoir à qui nous aurait. Un Maure saisit ma mère par le bras droit, le lieutenant de mon capitaine la retint par le bras gauche ; un soldat maure la prit par une jambe, un de nos pirates la tenait par l'autre. Nos filles ⎯ 770 se trouvèrent presque toutes en un moment tirées ainsi à quatre soldats. Mon capitaine me tenait cachée derrière lui. Il avait le cimeterre[1] au poing, et tuait tout ce qui s'opposait à sa rage. Enfin, je vis toutes nos Italiennes et ma mère déchirées, coupées,

1. Sabre à lame courbée utilisé en Orient.

775 _ massacrées par les monstres qui se les disputaient. Les captifs mes compagnons, ceux qui les avaient pris, soldats, matelots, noirs, basanés, blancs, mulâtres, et enfin mon capitaine, tout fut tué ; et je demeurai mourante sur un tas de morts. Des scènes pareilles se passaient, comme on sait, dans l'étendue de plus de trois cents

780 _ lieues, sans qu'on manquât aux cinq prières par jour ordonnées par Mahomet.

«Je me débarrassai avec beaucoup de peine de la foule de tant de cadavres sanglants entassés, et je me traînai sous un grand oranger au bord d'un ruisseau voisin ; j'y tombai d'effroi, de

785 _ lassitude, d'horreur, de désespoir et de faim. Bientôt après, mes sens accablés se livrèrent à un sommeil qui tenait plus de l'éva-nouissement que du repos. J'étais dans cet état de faiblesse et d'insensibilité, entre la mort et la vie, quand je me sentis pressée de quelque chose qui s'agitait sur mon corps. J'ouvris les yeux, je

790 _ vis un homme blanc et de bonne mine qui soupirait, et qui disait entre ses dents : *O che sciagura d'essere senza c...*[1] !

1. «Oh ! quel malheur d'être sans c... ! » Ces «c... » que les femmes n'ont pas sont évidemment les testicules.

CHAPITRE 12
Suite des malheurs de la vieille

« Étonnée et ravie d'entendre la langue de ma patrie, et non moins surprise des paroles que proférait cet homme, je lui répondis qu'il y avait de plus grands malheurs que celui dont il se plaignait. Je l'instruisis en peu de mots des horreurs que _795 j'avais essuyées, et je retombai en faiblesse. Il m'emporta dans une maison voisine, me fit mettre au lit, me fit donner à manger, me servit, me consola, me flatta, me dit qu'il n'avait rien vu de si beau que moi, et que jamais il n'avait tant regretté ce que personne ne pouvait lui rendre. "Je suis né à Naples, me dit-il, on y chaponne[1] _800 deux ou trois mille enfants tous les ans; les uns en meurent, les autres acquièrent une voix plus belle que celle des femmes, les autres vont gouverner les États. On me fit cette opération avec un très grand succès, et j'ai été musicien de la chapelle de Mme la princesse de Palestrine. — De ma mère! m'écriai-je. — De votre _805 mère! s'écria-t-il en pleurant. Quoi! vous seriez cette jeune princesse que j'ai élevée jusqu'à l'âge de six ans, et qui promettait déjà d'être aussi belle que vous êtes? — C'est moi-même; ma

1. Action de castrer (le terme s'utilise en général pour les animaux).

mère est à quatre cents pas d'ici, coupée en quartiers sous un tas
810 _ de morts…"

« Je lui contai tout ce qui m'était arrivé ; il me conta aussi ses
aventures, et m'apprit comment il avait été envoyé chez le roi
de Maroc par une puissance chrétienne, pour conclure avec ce
monarque un traité, par lequel on lui fournirait de la poudre, des
815 _ canons et des vaisseaux, pour l'aider à exterminer le commerce
des autres chrétiens. "Ma mission est faite, me dit cet honnête
eunuque ; je vais m'embarquer à Ceuta, et je vous ramènerai en
Italie. *Ma che sciagura d'essere senza c…!*"

« Je le remerciai avec des larmes d'attendrissement ; et au lieu
820 _ de me mener en Italie, il me conduisit à Alger, et me vendit au
dey[1] de cette province. À peine fus-je vendue que cette peste qui
a fait le tour de l'Afrique, de l'Asie et de l'Europe, se déclara dans
Alger avec fureur. Vous avez vu des tremblements de terre ; mais,
mademoiselle, avez-vous jamais eu la peste ? — Jamais, répondit
825 _ la baronne.

— Si vous l'aviez eue, reprit la vieille, vous avoueriez qu'elle est
bien au-dessus d'un tremblement de terre. Elle est fort commune
en Afrique ; j'en fus attaquée. Figurez-vous quelle situation pour
la fille d'un pape, âgée de quinze ans, qui en trois mois de temps
830 _ avait éprouvé la pauvreté, l'esclavage, avait été violée presque tous
les jours, avait vu couper sa mère en quatre, avait essuyé la faim
et la guerre, et mourait pestiférée dans Alger. Je n'en mourus

1. Le dey (écrit aussi bey) est un prince, un souverain.

pourtant pas. Mais mon eunuque et le dey, et presque tout le sérail[1] d'Alger, périrent.

« Quand les premiers ravages de cette épouvantable peste furent _ 835 passés, on vendit les esclaves du dey. Un marchand m'acheta et me mena à Tunis, il me vendit à un autre marchand, qui me revendit à Tripoli ; de Tripoli je fus revendue à Alexandrie, d'Alexandrie revendue à Smyrne, de Smyrne à Constantinople. J'appartins enfin à un aga[2] des janissaires, qui fut bientôt commandé pour _ 840 aller défendre Azof contre les Russes qui l'assiégeaient.

« L'aga, qui était un très galant homme, mena avec lui tout son sérail, et nous logea dans un petit fort sur les Palus-Méotides, gardé par deux eunuques noirs et vingt soldats. On tua prodigieusement de Russes, mais ils nous le rendirent bien. Azof fut mis à _ 845 feu et à sang, et on ne pardonna ni au sexe ni à l'âge ; il ne resta que notre petit fort ; les ennemis voulurent nous prendre par famine. Les vingt janissaires avaient juré de ne se jamais rendre. Les extrémités de la faim où ils furent réduits les contraignirent à manger nos deux eunuques, de peur de violer leur serment. _ 850 Au bout de quelques jours, ils résolurent de manger les femmes.

« Nous avions un iman très pieux et très compatissant, qui leur fit un beau sermon par lequel il leur persuada de ne nous pas tuer tout à fait. "Coupez, dit-il, seulement une fesse à chacune de ces dames, vous ferez très bonne chère ; s'il faut y revenir, vous en _ 855

1. Palais du sultan dans l'ancien Empire ottoman. Le terme peut souvent désigner aussi les appartements réservés aux femmes, le harem, et donc les femmes de ce harem.
2. Commandant des janissaires, corps d'élite de l'armée turque.

aurez encore autant dans quelques jours ; le ciel vous saura gré d'une action si charitable, et vous serez secourus."

« Il avait beaucoup d'éloquence ; il les persuada. On nous fit cette horrible opération. L'iman nous appliqua le même baume
860 — qu'on met aux enfants qu'on vient de circoncire. Nous étions toutes à la mort.

« À peine les janissaires eurent-ils fait le repas que nous leur avions fourni que les Russes arrivent sur des bateaux plats ; il ne réchappa pas un janissaire. Les Russes ne firent aucune attention
865 — à l'état où nous étions. Il y a partout des chirurgiens français : un d'eux, qui était fort adroit, prit soin de nous ; il nous guérit, et je me souviendrai toute ma vie que, quand les plaies furent bien fermées, il me fit des propositions. Au reste, il nous dit à toutes de nous consoler ; il nous assura que dans plusieurs sièges
870 — pareille chose était arrivée, et que c'était la loi de la guerre.

« Dès que mes compagnes purent marcher, on les fit aller à Moscou. J'échus en partage à un boyard[1] qui me fit sa jardinière, et qui me donnait vingt coups de fouet par jour. Mais ce seigneur ayant été roué au bout de deux ans avec une trentaine de boyards
875 — pour quelque tracasserie de cour, je profitai de cette aventure ; je m'enfuis ; je traversai toute la Russie ; je fus longtemps servante de cabaret à Riga, puis à Rostock, à Vismar, à Leipsick, à Cassel, à Utrecht, à Leyde, à La Haye, à Rotterdam : j'ai vieilli dans la misère et dans l'opprobre[2], n'ayant que la moitié d'un derrière,

1. Nom ancien de seigneur ou de grand propriétaire terrien en Russie.
2. La honte, le déshonneur.

me souvenant toujours que j'étais fille d'un pape ; je voulus cent _ 880
fois me tuer, mais j'aimais encore la vie. Cette faiblesse ridicule
est peut-être un de nos penchants les plus funestes ; car y a-t-il
rien de plus sot que de vouloir porter continuellement un far-
deau qu'on veut toujours jeter par terre ? d'avoir son être en hor-
reur, et de tenir à son être ? enfin de caresser le serpent qui nous _ 885
dévore, jusqu'à ce qu'il nous ait mangé le cœur ?

« J'ai vu dans les pays que le sort m'a fait parcourir, et dans
les cabarets où j'ai servi, un nombre prodigieux de personnes
qui avaient leur existence en exécration[1] ; mais je n'en ai vu que
douze qui aient mis volontairement fin à leur misère : trois _ 890
nègres, quatre Anglais, quatre Genevois et un professeur alle-
mand nommé Robeck. J'ai fini par être servante chez le Juif
don Issacar ; il me mit auprès de vous, ma belle demoiselle ; je
me suis attachée à votre destinée, et j'ai été plus occupée de vos
aventures que des miennes. Je ne vous aurais même jamais parlé _ 895
de mes malheurs, si vous ne m'aviez pas un peu piquée[2], et s'il
n'était d'usage dans un vaisseau de conter des histoires pour se
désennuyer. Enfin, mademoiselle, j'ai de l'expérience, je connais
le monde ; donnez-vous un plaisir, engagez chaque passager à
vous conter son histoire ; et s'il s'en trouve un seul qui n'ait sou- _ 900
vent maudit sa vie, qui ne se soit souvent dit à lui-même qu'il
était le plus malheureux des hommes, jetez-moi dans la mer la
tête la première. »

1. Haine. Voir *Les mots ont une histoire*, p. 160.
2. Vexée. On dit plus fréquemment aujourd'hui « piquée au vif ».

CHAPITRE 13

Comment Candide fut obligé de se séparer de la belle Cunégonde et de la vieille

La belle Cunégonde, ayant entendu l'histoire de la vieille, lui fit toutes les politesses qu'on devait à une personne de son rang et de son mérite. Elle accepta la proposition ; elle engagea tous les passagers l'un après l'autre à lui conter leurs aventures. Candide et elle avouèrent que la vieille avait raison. « C'est bien dommage, disait Candide, que le sage Pangloss ait été pendu contre la coutume dans un auto-da-fé ; il nous dirait des choses admirables sur le mal physique et sur le mal moral qui couvrent la terre et la mer, et je me sentirais assez de force pour oser lui faire respectueusement quelques objections. »

À mesure que chacun racontait son histoire, le vaisseau avançait. On aborda dans Buenos-Ayres. Cunégonde, le capitaine Candide et la vieille allèrent chez le gouverneur Don Fernando d'Ibaraa, y Figueora, y Mascarenes, y Lampourdos, y Souza. Ce seigneur avait une fierté convenable à un homme qui portait tant de noms. Il parlait aux hommes avec le dédain le plus noble, portant le nez si haut, élevant si impitoyablement la voix, prenant un ton si imposant, affectant une démarche si altière, que tous ceux qui le saluaient étaient tentés de le battre. Il aimait les femmes à la

fureur. Cunégonde lui parut ce qu'il avait jamais vu de plus beau.
La première chose qu'il fit fut de demander si elle n'était point
la femme du capitaine. L'air dont il fit cette question alarma Can- _ 925
dide : il n'osa pas dire qu'elle était sa femme, parce que en effet
elle ne l'était point ; il n'osait pas dire que c'était sa sœur, parce
qu'elle ne l'était pas non plus ; et quoique ce mensonge officieux
eût été autrefois très à la mode chez les anciens, et qu'il pût être
utile aux modernes, son âme était trop pure pour trahir la vérité. _ 930
«Mlle Cunégonde, dit-il, doit me faire l'honneur de m'épouser,
et nous supplions Votre Excellence de daigner faire notre noce.»

Don Fernando d'Ibaraa, y Figueora, y Mascarenes, y Lampour-
dos, y Souza, relevant sa moustache, sourit amèrement, et ordonna
au capitaine Candide d'aller faire la revue de sa compagnie. Can- _ 935
dide obéit ; le gouverneur demeura avec Mlle Cunégonde. Il lui
déclara sa passion, lui protesta que le lendemain il l'épouserait à
la face de l'Église, ou autrement, ainsi qu'il plairait à ses charmes.
Cunégonde lui demanda un quart d'heure pour se recueillir, pour
consulter la vieille et pour se déterminer. _ 940

La vieille dit à Cunégonde : «Mademoiselle, vous avez soixante
et douze quartiers, et pas une obole ; il ne tient qu'à vous d'être la
femme du plus grand seigneur de l'Amérique méridionale, qui a
une très belle moustache ; est-ce à vous de vous piquer d'une fidé-
lité à toute épreuve ? Vous avez été violée par les Bulgares ; un Juif _ 945
et un inquisiteur ont eu vos bonnes grâces : les malheurs donnent
des droits. J'avoue que, si j'étais à votre place, je ne ferais aucun
scrupule d'épouser monsieur le gouverneur et de faire la fortune

de M. le capitaine Candide.» Tandis que la vieille parlait avec toute
950 _ la prudence que l'âge et l'expérience donnent, on vit entrer dans
le port un petit vaisseau ; il portait un alcade et des alguazils¹, et
voici ce qui était arrivé.

La vieille avait très bien deviné que ce fut un cordelier à la
grande manche² qui vola l'argent et les bijoux de Cunégonde
955 _ dans la ville de Badajoz, lorsqu'elle fuyait en hâte avec Candide.
Ce moine voulut vendre quelques-unes des pierreries à un joail-
lier. Le marchand les reconnut pour celles du grand inquisiteur.
Le cordelier, avant d'être pendu, avoua qu'il les avait volées ; il
indiqua les personnes et la route qu'elles prenaient. La fuite de
960 _ Cunégonde et de Candide était déjà connue. On les suivit à Cadix ;
on envoya sans perdre temps un vaisseau à leur poursuite. Le vais-
seau était déjà dans le port de Buenos-Ayres. Le bruit se répandit
qu'un alcade allait débarquer, et qu'on poursuivait les meurtriers
de monseigneur le grand inquisiteur. La prudente vieille vit dans
965 _ l'instant tout ce qui était à faire. «Vous ne pouvez fuir, dit-elle à
Cunégonde, et vous n'avez rien à craindre ; ce n'est pas vous qui
avez tué monseigneur ; et d'ailleurs le gouverneur, qui vous aime,
ne souffrira pas qu'on vous maltraite ; demeurez.» Elle court sur-le-
champ à Candide : «Fuyez, dit-elle, ou dans une heure vous allez
970 _ être brûlé.» Il n'y avait pas un moment à perdre ; mais comment
se séparer de Cunégonde, et où se réfugier ?

1. Dans la justice espagnole, l'« alcade » est le juge et les « alguazils » sont des policiers chargés des
arrestations.
2. Un membre de l'ordre religieux de Saint-François. La largeur des manches de l'habit est l'un des
éléments permettant de distinguer les différents ordres religieux.

CHAPITRE 14

Comment Candide et Cacambo furent reçus chez les jésuites du Paraguay

Candide avait amené de Cadix un valet tel qu'on en trouve beaucoup sur les côtes d'Espagne et dans les colonies. C'était un quart d'Espagnol[1], né d'un métis dans le Tucuman[2]; il avait été enfant de chœur, sacristain, matelot, moine, facteur[3], sol- _ 975 dat, laquais. Il s'appelait Cacambo, et aimait fort son maître parce que son maître était un fort bon homme. Il sella au plus vite les deux chevaux andalous. «Allons, mon maître, suivons le conseil de la vieille; partons, et courons sans regarder derrière nous.» Candide versa des larmes. «Ô ma chère Cunégonde! faut-il vous _ 980 abandonner dans le temps que monsieur le gouverneur va faire nos noces! Cunégonde amenée de si loin, que deviendrez-vous? — Elle deviendra ce qu'elle pourra, dit Cacambo; les femmes ne sont jamais embarrassées d'elles; Dieu y pourvoit; courons. — Où me mènes-tu? où allons-nous? que ferons-nous sans Cuné- _ 985 gonde? disait Candide. — Par saint Jacques de Compostelle, dit Cacambo, vous alliez faire la guerre aux jésuites; allons la faire

1. Un homme dont le père est métis et la mère indienne.
2. Le Tucuman est une province du Paraguay.
3. Ici, quelqu'un qui fait du commerce pour le compte de quelqu'un d'autre.

pour eux : je sais assez les chemins, je vous mènerai dans leur royaume, ils seront charmés d'avoir un capitaine qui fasse l'exer-
990 _ cice à la bulgare ; vous ferez une fortune prodigieuse ; quand on n'a pas son compte dans un monde, on le trouve dans un autre. C'est un très grand plaisir de voir et de faire des choses nouvelles.

— Tu as donc été déjà dans le Paraguay ? dit Candide. — Eh vraiment oui ! dit Cacambo ; j'ai été cuistre[1] dans le collège de
995 _ l'Assomption, et je connais le gouvernement de Los Padres[2] comme je connais les rues de Cadix. C'est une chose admirable que ce gouvernement. Le royaume a déjà plus de trois cents lieues de diamètre ; il est divisé en trente provinces. Los Padres y ont tout, et les peuples rien ; c'est le chef-d'œuvre de la raison et
1000 _ de la justice. Pour moi, je ne vois rien de si divin que Los Padres, qui font ici la guerre au roi d'Espagne et au roi de Portugal, et qui en Europe confessent ces rois ; qui tuent ici des Espagnols, et qui à Madrid les envoient au ciel : cela me ravit ; avançons ; vous allez être le plus heureux de tous les hommes. Quel plaisir
1005 _ auront Los Padres quand ils sauront qu'il leur vient un capitaine qui sait l'exercice bulgare ! »

Dès qu'ils furent arrivés à la première barrière, Cacambo dit à la garde avancée qu'un capitaine demandait à parler à monseigneur le commandant. On alla avertir la grande garde. Un officier paraguain[3] courut aux pieds du commandant lui donner part de

1. Valet ; le mot ne s'emploie plus dans ce sens aujourd'hui.
2. « Les Pères », en espagnol. L'expression désigne les jésuites, hommes d'Église, qui dirigent la colonie.
3. Paraguayen, du Paraguay.

la nouvelle. Candide et Cacambo furent d'abord désarmés; on se saisit de leurs deux chevaux andalous. Les deux étrangers sont introduits au milieu de deux files de soldats; le commandant était au bout, le bonnet à trois cornes en tête, la robe retroussée, l'épée au côté, l'esponton[1] à la main. Il fit un signe; aussitôt vingt- _ 1015 quatre soldats entourent les deux nouveaux venus. Un sergent leur dit qu'il faut attendre, que le commandant ne peut leur parler, que le révérend père provincial ne permet pas qu'aucun Espagnol ouvre la bouche qu'en sa présence, et demeure plus de trois heures dans le pays. «Et où est le révérend père provincial? _ 1020 dit Cacambo. — Il est à la parade après avoir dit sa messe, répon- dit le sergent; et vous ne pourrez baiser ses éperons que dans trois heures. — Mais, dit Cacambo, monsieur le capitaine, qui meurt de faim comme moi, n'est point espagnol, il est allemand; ne pourrions-nous point déjeuner en attendant Sa Révérence?» _ 1025

Le sergent alla sur-le-champ rendre compte de ce discours au commandant. «Dieu soit béni! dit ce seigneur; puisqu'il est alle- mand, je peux lui parler; qu'on le mène dans ma feuillée[2].» Aus- sitôt on conduit Candide dans un cabinet de verdure orné d'une très jolie colonnade de marbre vert et or, et de treillages qui ren- _ 1030 fermaient des perroquets, des colibris, des oiseaux-mouches, des pintades, et tous les oiseaux les plus rares. Un excellent déjeuner était préparé dans des vases d'or; et tandis que les Paraguains mangèrent du maïs dans des écuelles de bois, en plein champ,

1. Un «esponton» est une arme en forme de pique.
2. Une «feuillée» est un abri fait de branches et de feuillages.

1035 _ à l'ardeur du soleil, le révérend père commandant entra dans la feuillée.

C'était un très beau jeune homme, le visage plein, assez blanc, haut en couleur, le sourcil relevé, l'œil vif, l'oreille rouge, les lèvres vermeilles, l'air fier, mais d'une fierté qui n'était ni celle
1040 _ d'un Espagnol ni celle d'un jésuite. On rendit à Candide et à Cacambo leurs armes, qu'on leur avait saisies, ainsi que les deux chevaux andalous ; Cacambo leur fit manger l'avoine auprès de la feuillée, ayant toujours l'œil sur eux, crainte de surprise.

Candide baisa d'abord le bas de la robe du commandant,
1045 _ ensuite ils se mirent à table. «Vous êtes donc allemand ? lui dit le jésuite en cette langue. — Oui, mon Révérend Père », dit Candide. L'un et l'autre, en prononçant ces paroles, se regardaient avec une extrême surprise et une émotion dont ils n'étaient pas les maîtres. «Et de quel pays d'Allemagne êtes-vous ? dit le jésuite.
1050 _ — De la sale province de Westphalie, dit Candide : je suis né dans le château de Thunder-ten-tronckh. — Ô ciel ! est-il possible ? s'écria le commandant. — Quel miracle ! s'écria Candide. — Serait-ce vous ? dit le commandant. — Cela n'est pas possible », dit Candide. Ils se laissent tomber tous deux à la renverse, ils
1055 _ s'embrassent, ils versent des ruisseaux de larmes. «Quoi ! serait-ce vous, mon Révérend Père ? vous, le frère de la belle Cunégonde ! vous, qui fûtes tué par les Bulgares ! vous, le fils de monsieur le baron ! vous, jésuite au Paraguay ! Il faut avouer que ce monde est une étrange chose. Ô Pangloss ! Pangloss ! que vous seriez aise
1060 _ si vous n'aviez pas été pendu ! »

Le commandant fit retirer les esclaves nègres et les Paraguains qui servaient à boire dans des gobelets de cristal de roche. Il remercia Dieu et saint Ignace mille fois; il serrait Candide entre ses bras; leurs visages étaient baignés de pleurs. «Vous seriez bien plus étonné, plus attendri, plus hors de vous-même, dit Candide, si je vous disais que Mlle Cunégonde, votre sœur, que vous avez crue éventrée, est pleine de santé. — Où? — Dans votre voisinage, chez M. le gouverneur de Buenos-Ayres; et je venais pour vous faire la guerre.» Chaque mot qu'ils prononcèrent dans cette longue conversation accumulait prodige sur prodige. Leur âme tout entière volait sur leur langue, était attentive dans leurs oreilles et étincelante dans leurs yeux. Comme ils étaient allemands, ils tinrent table longtemps, en attendant le révérend père provincial; et le commandant parla ainsi à son cher Candide.

CHAPITRE 15

Comment Candide tua le frère
de sa chère Cunégonde

1075 « J'aurai toute ma vie présent à la mémoire le jour horrible où je vis tuer mon père et ma mère, et violer ma sœur. Quand les Bulgares furent retirés, on ne trouva point cette sœur adorable, et on mit dans une charrette ma mère, mon père et moi, deux servantes et trois petits garçons égorgés, pour nous aller 1080 enterrer dans une chapelle de jésuites, à deux lieues du château de mes pères. Un jésuite nous jeta de l'eau bénite ; elle était horriblement salée ; il en entra quelques gouttes dans mes yeux ; le père s'aperçut que ma paupière faisait un petit mouvement : il mit la main sur mon cœur et le sentit palpiter ; je fus secouru, 1085 et, au bout de trois semaines, il n'y paraissait pas. Vous savez, mon cher Candide, que j'étais fort joli, je le devins encore davantage ; aussi le révérend père Croust, supérieur de la maison, prit pour moi la plus tendre amitié ; il me donna l'habit de novice ; quelque temps après je fus envoyé à Rome. Le père général avait 1090 besoin d'une recrue de jeunes jésuites allemands. Les souverains du Paraguay reçoivent le moins qu'ils peuvent de jésuites espagnols ; ils aiment mieux les étrangers, dont ils se croient plus maîtres. Je fus jugé propre par le révérend père général pour

aller travailler dans cette vigne. Nous partîmes, un Polonais, un Tyrolien et moi. Je fus honoré, en arrivant, du sous-diaconat[1] et d'une lieutenance ; je suis aujourd'hui colonel et prêtre. Nous recevrons vigoureusement les troupes du roi d'Espagne ; je vous réponds qu'elles seront excommuniées et battues. La Providence[2] vous envoie ici pour nous seconder. Mais est-il bien vrai que ma chère sœur Cunégonde soit dans le voisinage, chez le gouverneur de Buenos-Ayres ? » Candide l'assura par serment que rien n'était plus vrai. Leurs larmes recommencèrent à couler.

Le baron ne pouvait se lasser d'embrasser Candide ; il l'appelait son frère, son sauveur. « Ah ! peut-être, lui dit-il, nous pourrons ensemble, mon cher Candide, entrer en vainqueurs dans la ville, et reprendre ma sœur Cunégonde. — C'est tout ce que je souhaite, dit Candide ; car je comptais l'épouser, et je l'espère encore. — Vous, insolent ! répondit le baron, vous auriez l'impudence d'épouser ma sœur qui a soixante et douze quartiers ! Je vous trouve bien effronté d'oser me parler d'un dessein si téméraire ! » Candide, pétrifié d'un tel discours, lui répondit : « Mon Révérend Père, tous les quartiers du monde n'y font rien ; j'ai tiré votre sœur des bras d'un Juif et d'un inquisiteur ; elle m'a assez d'obligations, elle veut m'épouser. Maître Pangloss m'a toujours dit que les hommes sont égaux, et assurément je l'épouserai. — C'est ce que nous verrons, coquin ! » dit le jésuite baron de Thunder-ten-tronckh, et en même temps il lui donna un grand coup du plat

1. Rang assez bas dans la hiérarchie de l'Église catholique, inférieur aux prêtres et aux diacres.
2. Capacité de prévoir. Voir *Les mots ont une histoire*, p. 160.

de son épée sur le visage. Candide dans l'instant tire la sienne et l'enfonce jusqu'à la garde dans le ventre du baron jésuite ; mais, en la retirant toute fumante, il se mit à pleurer : «Hélas ! mon Dieu, dit-il, j'ai tué mon ancien maître, mon ami, mon beau-frère ; je suis le meilleur homme du monde, et voilà déjà trois hommes que je tue ; et dans ces trois il y a deux prêtres.»

Cacambo, qui faisait sentinelle à la porte de la feuillée, accourut. «Il ne nous reste qu'à vendre cher notre vie, lui dit son maître : on va sans doute entrer dans la feuillée, il faut mourir les armes à la main.» Cacambo, qui en avait vu bien d'autres, ne perdit point la tête ; il prit la robe de jésuite que portait le baron, la mit sur le corps de Candide, lui donna le bonnet carré du mort, et le fit monter à cheval. Tout cela se fit en un clin d'œil. «Galopons, mon maître ; tout le monde vous prendra pour un jésuite qui va donner des ordres ; et nous aurons passé les frontières avant qu'on puisse courir après nous.» Il volait déjà en prononçant ces paroles, et en criant en espagnol : «Place, place pour le révérend père colonel.»

CHAPITRE 16

Ce qui advint aux deux voyageurs avec deux filles, deux singes et les sauvages nommés Oreillons

Candide et son valet furent au-delà des barrières, et personne ne savait encore dans le camp la mort du jésuite allemand. Le vigilant Cacambo avait eu soin de remplir sa valise de pain, de chocolat, de jambon, de fruits et de quelques mesures de vin. Ils s'enfoncèrent avec leurs chevaux andalous dans un pays _ 1140 inconnu, où ils ne découvrirent aucune route. Enfin une belle prairie entrecoupée de ruisseaux se présenta devant eux. Nos deux voyageurs font repaître leurs montures. Cacambo propose à son maître de manger, et lui en donne l'exemple. «Comment veux-tu, disait Candide, que je mange du jambon, quand j'ai tué _ 1145 le fils de monsieur le baron, et que je me vois condamné à ne revoir la belle Cunégonde de ma vie ? à quoi me servira de prolonger mes misérables jours, puisque je dois les traîner loin d'elle dans les remords et dans le désespoir ? et que dira le journal de Trévoux[1] ? » _ 1150

En parlant ainsi, il ne laissait pas de manger. Le soleil se couchait. Les deux égarés entendirent quelques petits cris qui

1. Le *Journal de Trévoux* était le journal des Jésuites, publié dans la ville de Trévoux. Opposé aux philosophes, il attaqua Voltaire quand celui-ci se lia à l'*Encyclopédie* à partir de 1750.

paraissaient poussés par des femmes. Ils ne savaient si ces cris étaient de douleur ou de joie ; mais ils se levèrent précipitam-
1155 ment avec cette inquiétude et cette alarme que tout inspire dans un pays inconnu. Ces clameurs partaient de deux filles toutes nues qui couraient légèrement au bord de la prairie, tandis que deux singes les suivaient en leur mordant les fesses. Candide fut touché de pitié ; il avait appris à tirer chez les Bulgares, et
1160 il aurait abattu une noisette dans un buisson sans toucher aux feuilles. Il prend son fusil espagnol à deux coups, tire, et tue les deux singes. «Dieu soit loué, mon cher Cacambo ! j'ai délivré d'un grand péril ces deux pauvres créatures ; si j'ai commis un péché en tuant un inquisiteur et un jésuite, je l'ai bien réparé en
1165 sauvant la vie à deux filles. Ce sont peut-être deux demoiselles de condition[1], et cette aventure nous peut procurer de très grands avantages dans le pays.»

Il allait continuer, mais sa langue devint percluse[2] quand il vit ces deux filles embrasser tendrement les deux singes, fondre
1170 en larmes sur leurs corps et remplir l'air des cris les plus dou-loureux. «Je ne m'attendais pas à tant de bonté d'âme», dit-il enfin à Cacambo ; lequel lui répliqua : «Vous avez fait là un beau chef-d'œuvre, mon maître ; vous avez tué les deux amants de ces demoiselles. — Leurs amants ! serait-il possible ? vous vous
1175 moquez de moi, Cacambo ; le moyen de vous croire ? — Mon cher maître, reprit Cacambo, vous êtes toujours étonné de tout ;

1. De haute naissance, noble.
2. Engourdie, paralysée.

pourquoi trouvez-vous si étrange que dans quelques pays il y ait des singes qui obtiennent les bonnes grâces des dames? Ils sont des quarts d'hommes, comme je suis un quart d'Espagnol. — Hélas! reprit Candide, je me souviens d'avoir entendu dire _ 1180 à maître Pangloss qu'autrefois pareils accidents étaient arrivés, et que ces mélanges avaient produit des égipans, des faunes, des satyres[1]; que plusieurs grands personnages de l'antiquité en avaient vu; mais je prenais cela pour des fables. — Vous devez être convaincu à présent, dit Cacambo, que c'est une vérité, et _ 1185 vous voyez comment en usent les personnes qui n'ont pas reçu une certaine éducation; tout ce que je crains, c'est que ces dames ne nous fassent quelque méchante affaire.»

Ces réflexions solides engagèrent Candide à quitter la prairie et à s'enfoncer dans un bois. Il y soupa avec Cacambo; et tous _ 1190 deux, après avoir maudit l'inquisiteur de Portugal, le gouverneur de Buenos-Ayres et le baron, s'endormirent sur de la mousse. À leur réveil, ils sentirent qu'ils ne pouvaient remuer; la raison en était que pendant la nuit les Oreillons, habitants du pays, à qui les deux dames les avaient dénoncés, les avaient garrottés avec des _ 1195 cordes d'écorce d'arbre. Ils étaient entourés d'une cinquantaine d'Oreillons tout nus, armés de flèches, de massues et de haches de caillou : les uns faisaient bouillir une grande chaudière; les autres préparaient des broches, et tous criaient : «C'est un jésuite,

1. « Les égipans, faunes et satyres » sont des figures mythologiques mi-humaines, mi-animales.

1200 _ c'est un jésuite ! nous serons vengés, et nous ferons bonne chère ;
mangeons du jésuite, mangeons du jésuite ! »

« Je vous l'avais bien dit, mon cher maître, s'écria tristement
Cacambo, que ces deux filles nous joueraient d'un mauvais tour. »
Candide, apercevant la chaudière et les broches, s'écria : « Nous
1205 _ allons certainement être rôtis ou bouillis. Ah ! que dirait maître
Pangloss, s'il voyait comme la pure nature est faite ? Tout est bien ;
soit, mais j'avoue qu'il est bien cruel d'avoir perdu Mlle Cuné-
gonde et d'être mis à la broche par des Oreillons. » Cacambo ne
perdait jamais la tête. « Ne désespérez de rien, dit-il au désolé
1210 _ Candide ; j'entends un peu le jargon de ces peuples, je vais leur
parler. — Ne manquez pas, dit Candide, de leur représenter
quelle est l'inhumanité affreuse de faire cuire des hommes, et
combien cela est peu chrétien. »

« Messieurs, dit Cacambo, vous comptez donc manger
1215 _ aujourd'hui un jésuite : c'est très bien fait ; rien n'est plus juste
que de traiter ainsi ses ennemis. En effet le droit naturel nous
enseigne à tuer notre prochain, et c'est ainsi qu'on en agit dans
toute la terre. Si nous n'usons pas du droit de le manger, c'est
que nous avons d'ailleurs de quoi faire bonne chère ; mais vous
1220 _ n'avez pas les mêmes ressources que nous ; certainement il vaut
mieux manger ses ennemis que d'abandonner aux corbeaux et
aux corneilles le fruit de sa victoire. Mais, messieurs, vous ne vou-
driez pas manger vos amis. Vous croyez aller mettre un jésuite en
broche, et c'est votre défenseur, c'est l'ennemi de vos ennemis que
1225 _ vous allez rôtir. Pour moi, je suis né dans votre pays ; monsieur

que vous voyez est mon maître, et, bien loin d'être jésuite, il vient de tuer un jésuite, il en porte les dépouilles : voilà le sujet de votre méprise. Pour vérifier ce que je vous dis, prenez sa robe, portez-la à la première barrière du royaume de Los Padres ; informez-vous si mon maître n'a pas tué un officier jésuite. Il vous _1230 faudra peu de temps ; vous pourrez toujours nous manger si vous trouvez que je vous ai menti. Mais, si je vous ai dit la vérité, vous connaissez trop les principes du droit public, les mœurs et les lois, pour ne nous pas faire grâce. »

Les Oreillons trouvèrent ce discours très raisonnable ; ils dépu- _1235 tèrent deux notables pour aller en diligence s'informer de la vérité ; les deux députés s'acquittèrent de leur commission en gens d'esprit, et revinrent bientôt apporter de bonnes nouvelles. Les Oreillons délièrent leurs deux prisonniers, leur firent toutes sortes de civilités, leur offrirent des filles, leur donnèrent des _1240 rafraîchissements, et les reconduisirent jusqu'aux confins de leurs États, en criant avec allégresse : « Il n'est point jésuite, il n'est point jésuite ! »

Candide ne se lassait point d'admirer le sujet de sa délivrance. « Quel peuple ! disait-il, quels hommes ! quelles mœurs ! Si je _1245 n'avais pas eu le bonheur de donner un grand coup d'épée au travers du corps du frère de Mlle Cunégonde, j'étais mangé sans rémission. Mais, après tout, la pure nature est bonne, puisque ces gens-ci, au lieu de me manger, m'ont fait mille honnêtetés dès qu'ils ont su que je n'étais pas jésuite. »

_1250

CHAPITRE 17

Arrivée de Candide et de son valet
au pays d'Eldorado[1], et ce qu'ils y virent

Quand ils furent aux frontières des Oreillons : «Vous voyez, dit Cacambo à Candide, que cet hémisphère-ci ne vaut pas mieux que l'autre : croyez-moi, retournons en Europe par le plus court. — Comment y retourner? dit Candide, et où aller? Si je vais dans mon pays, les Bulgares et les Abares y égorgent tout; si je retourne en Portugal, j'y suis brûlé; si nous restons dans ce pays-ci, nous risquons à tout moment d'être mis en broche. Mais comment se résoudre à quitter la partie du monde que Mlle Cunégonde habite?

— Tournons vers la Cayenne[2], dit Cacambo : nous y trouverons des Français, qui vont par tout le monde; ils pourront nous aider. Dieu aura peut-être pitié de nous.»

Il n'était pas facile d'aller à la Cayenne : ils savaient bien à peu près de quel côté il fallait marcher; mais des montagnes, des fleuves, des précipices, des brigands, des sauvages, étaient partout

1. Voltaire n'invente pas le nom Eldorado, qu'on pourrait traduire par «le pays de l'or» ou «le pays doré». Les conquistadores espagnols recherchaient déjà ce lieu mythique où se seraient réfugiés les derniers Incas. Candide et Cacambo auraient donc trouvé ce lieu irréel tant convoité.
2. La Cayenne était une colonie française située entre le Brésil et le Suriname. Elle est assez éloignée du Paraguay que Candide et Cacambo fuient.

de terribles obstacles. Leurs chevaux moururent de fatigue ; leurs provisions furent consumées ; ils se nourrirent un mois entier de fruits sauvages, et se trouvèrent enfin auprès d'une petite rivière bordée de cocotiers, qui soutinrent leur vie et leurs espérances.

Cacambo, qui donnait toujours d'aussi bons conseils que la _ 1270 vieille, dit à Candide : « Nous n'en pouvons plus, nous avons assez marché ; j'aperçois un canot vide sur le rivage, emplissons-le de cocos, jetons-nous dans cette petite barque, laissons-nous aller au courant ; une rivière mène toujours à quelque endroit habité. Si nous ne trouvons pas des choses agréables, nous trouverons du _ 1275 moins des choses nouvelles. — Allons, dit Candide, recommandons-nous à la Providence.»

Ils voguèrent quelques lieues entre des bords tantôt fleuris, tantôt arides, tantôt unis, tantôt escarpés. La rivière s'élargissait toujours ; enfin elle se perdait sous une voûte de rochers _ 1280 épouvantables qui s'élevaient jusqu'au ciel. Les deux voyageurs eurent la hardiesse de s'abandonner aux flots sous cette voûte. Le fleuve, resserré en cet endroit, les porta avec une rapidité et un bruit horrible. Au bout de vingt-quatre heures ils revirent le jour ; mais leur canot se fracassa contre les écueils ; il fallut se _ 1285 traîner de rocher en rocher pendant une lieue entière ; enfin ils découvrirent un horizon immense, bordé de montagnes inaccessibles. Le pays était cultivé pour le plaisir comme pour le besoin ; partout l'utile était agréable. Les chemins étaient couverts ou plutôt ornés de voitures d'une forme et d'une matière brillante, _ 1290 portant des hommes et des femmes d'une beauté singulière,

traînés rapidement par de gros moutons rouges qui surpassaient en vitesse les plus beaux chevaux d'Andalousie, de Tétuan et de Méquinez.

1295 «Voilà pourtant, dit Candide, un pays qui vaut mieux que la Westphalie.» Il mit pied à terre avec Cacambo auprès du premier village qu'il rencontra. Quelques enfants du village, couverts de brocarts d'or tout déchirés, jouaient au palet à l'entrée du bourg ; nos deux hommes de l'autre monde s'amusèrent à les regarder :

1300 leurs palets étaient d'assez larges pièces rondes, jaunes, rouges, vertes, qui jetaient un éclat singulier. Il prit envie aux voyageurs d'en ramasser quelques-uns ; c'était de l'or, c'était des émeraudes, des rubis, dont le moindre aurait été le plus grand ornement du trône du Mogol[1]. «Sans doute, dit Cacambo, ces enfants sont

1305 les fils du roi du pays qui jouent au petit palet.» Le magister[2] du village parut dans ce moment pour les faire rentrer à l'école. «Voilà, dit Candide, le précepteur de la famille royale.»

Les petits gueux quittèrent aussitôt le jeu, en laissant à terre leurs palets et tout ce qui avait servi à leurs divertissements. Can-

1310 dide les ramasse, court au précepteur, et les lui présente humblement, lui faisant entendre par signes que Leurs Altesses Royales avaient oublié leur or et leurs pierreries. Le magister du village, en souriant, les jeta par terre, regarda un moment la figure de Candide avec beaucoup de surprise, et continua son chemin.

1315 Les voyageurs ne manquèrent pas de ramasser l'or, les rubis

1. Nom donné à l'empereur des Indes.
2. « Maître d'école », en latin.

et les émeraudes. «Où sommes-nous? s'écria Candide; il faut que les enfants des rois de ce pays soient bien élevés, puisqu'on leur apprend à mépriser l'or et les pierreries.» Cacambo était aussi surpris que Candide. Ils approchèrent enfin de la première maison du village; elle était bâtie comme un palais d'Europe. _ 1320 Une foule de monde s'empressait à la porte, et encore plus dans le logis. Une musique très agréable se faisait entendre, et une odeur délicieuse de cuisine se faisait sentir. Cacambo s'approcha de la porte, et entendit qu'on parlait péruvien; c'était sa langue maternelle: car tout le monde sait que Cacambo était né au _ 1325 Tucuman, dans un village où l'on ne connaissait que cette langue. «Je vous servirai d'interprète, dit-il à Candide; entrons, c'est ici un cabaret.»

Aussitôt deux garçons et deux filles de l'hôtellerie, vêtus de drap d'or, et les cheveux renoués avec des rubans, les invitent _ 1330 à se mettre à la table de l'hôte. On servit quatre potages garnis chacun de deux perroquets, un contour[1] bouilli qui pesait deux cents livres, deux singes rôtis d'un goût excellent, trois cents colibris dans un plat, et six cents oiseaux-mouches dans un autre; des ragoûts exquis, des pâtisseries délicieuses; le tout dans des _ 1335 plats d'une espèce de cristal de roche. Les garçons et les filles de l'hôtellerie versaient plusieurs liqueurs faites de canne de sucre.

Les convives étaient pour la plupart des marchands et des voituriers, tous d'une politesse extrême, qui firent quelques

1. Autre nom du condor. Le condor est un grand oiseau de la famille du vautour vivant en Amérique du Sud.

1340 _ questions à Cacambo avec la discrétion la plus circonspecte[1], et qui répondirent aux siennes d'une manière à le satisfaire.

Quand le repas fut fini, Cacambo crut, ainsi que Candide, bien payer son écot en jetant sur la table de l'hôte deux de ces larges pièces d'or qu'il avait ramassées ; l'hôte et l'hôtesse éclatèrent
1345 _ de rire, et se tinrent longtemps les côtés. Enfin ils se remirent : «Messieurs, dit l'hôte, nous voyons bien que vous êtes des étrangers ; nous ne sommes pas accoutumés à en voir. Pardonnez-nous si nous nous sommes mis à rire quand vous nous avez offert en payement les cailloux de nos grands chemins. Vous n'avez pas
1350 _ sans doute de la monnaie du pays, mais il n'est pas nécessaire d'en avoir pour dîner ici. Toutes les hôtelleries établies pour la commodité du commerce sont payées par le gouvernement. Vous avez fait mauvaise chère[2] ici, parce que c'est un pauvre village ; mais partout ailleurs vous serez reçus comme vous méritez de
1355 _ l'être.» Cacambo expliquait à Candide tous les discours de l'hôte, et Candide les écoutait avec la même admiration et le même égarement que son ami Cacambo les rendait. «Quel est donc ce pays, disaient-ils l'un et l'autre, inconnu à tout le reste de la terre, et où toute la nature est d'une espèce si différente de la nôtre ?
1360 _ C'est probablement le pays où tout va bien ; car il faut absolument qu'il y en ait de cette espèce. Et, quoi qu'en dît maître Pangloss, je me suis souvent aperçu que tout allait assez mal en Westphalie.»

1. Prudente.
2. Ne pas bien manger. Par opposition, «faire bonne chère» signifie bien manger.

Ce qu'ils virent dans le pays d'Eldorado

Cacambo témoigna à son hôte toute sa curiosité ; l'hôte lui dit : « Je suis fort ignorant, et je m'en trouve bien ; mais _ 1365 nous avons ici un vieillard retiré de la cour, qui est le plus savant homme du royaume, et le plus communicatif. » Aussitôt il mène Cacambo chez le vieillard. Candide ne jouait plus que le second personnage, et accompagnait son valet. Ils entrèrent dans une maison fort simple, car la porte n'était que d'argent, et les lambris _ 1370 des appartements n'étaient que d'or, mais travaillés avec tant de goût que les plus riches lambris ne l'effaçaient pas. L'antichambre n'était à la vérité incrustée que de rubis et d'émeraudes ; mais l'ordre dans lequel tout était arrangé réparait bien cette extrême simplicité. _ 1375

Le vieillard reçut les deux étrangers sur un sopha matelassé de plumes de colibri, et leur fit présenter des liqueurs dans des vases de diamant ; après quoi il satisfit à leur curiosité en ces termes :

« Je suis âgé de cent soixante et douze ans, et j'ai appris de _ 1380 feu mon père, écuyer du roi, les étonnantes révolutions du Pérou dont il avait été témoin. Le royaume où nous sommes est

l'ancienne patrie des Incas, qui en sortirent très imprudemment pour aller subjuguer[1] une partie du monde, et qui furent enfin
1385 _ détruits par les Espagnols.

« Les princes de leur famille qui restèrent dans leur pays natal furent plus sages; ils ordonnèrent, du consentement de la nation, qu'aucun habitant ne sortirait jamais de notre petit royaume; et c'est ce qui nous a conservé notre innocence et
1390 _ notre félicité. Les Espagnols ont eu une connaissance confuse de ce pays, ils l'ont appelé El Dorado, et un Anglais, nommé le chevalier Raleigh, en a même approché il y a environ cent années; mais, comme nous sommes entourés de rochers inabordables et de précipices, nous avons toujours été jusqu'à présent à
1395 _ l'abri de la rapacité des nations de l'Europe, qui ont une fureur inconcevable pour les cailloux et pour la fange de notre terre, et qui, pour en avoir, nous tueraient tous jusqu'au dernier.»

La conversation fut longue; elle roula sur la forme du gouvernement, sur les mœurs[2], sur les femmes, sur les spectacles
1400 _ publics, sur les arts. Enfin Candide, qui avait toujours du goût pour la métaphysique, fit demander par Cacambo si dans le pays il y avait une religion.

Le vieillard rougit un peu. «Comment donc, dit-il, en pouvez-vous douter? Est-ce que vous nous prenez pour des ingrats?»
1405 _ Cacambo demanda humblement quelle était la religion

1. Soumettre ou, ici, conquérir.
2. « Les mœurs » désignent les comportements des individus et les règles morales qui structurent la vie d'un groupe.

d'Eldorado. Le vieillard rougit encore. « Est-ce qu'il peut y avoir deux religions ? dit-il ; nous avons, je crois, la religion de tout le monde : nous adorons Dieu du soir jusqu'au matin. — N'adorez-vous qu'un seul Dieu ? dit Cacambo, qui servait toujours d'interprète aux doutes de Candide. — Apparemment, dit le _ 1410 vieillard, qu'il n'y en a ni deux, ni trois, ni quatre. Je vous avoue que les gens de votre monde font des questions bien singulières. » Candide ne se lassait pas de faire interroger ce bon vieillard ; il voulut savoir comment on priait Dieu dans l'Eldorado. « Nous ne le prions point, dit le bon et respectable sage ; nous _ 1415 n'avons rien à lui demander ; il nous a donné tout ce qu'il nous faut ; nous le remercions sans cesse. » Candide eut la curiosité de voir des prêtres ; il fit demander où ils étaient. Le bon vieillard sourit. « Mes amis, dit-il, nous sommes tous prêtres ; le roi et tous les chefs de famille chantent des cantiques d'actions de grâces _ 1420 solennellement tous les matins ; et cinq ou six mille musiciens les accompagnent.

— Quoi ! vous n'avez point de moines qui enseignent, qui disputent, qui gouvernent, qui cabalent[1], et qui font brûler les gens qui ne sont pas de leur avis ? — Il faudrait que nous _ 1425 fussions fous, dit le vieillard ; nous sommes tous ici du même avis, et nous n'entendons pas ce que vous voulez dire avec vos moines. » Candide à tous ces discours demeurait en extase, et disait en lui-même : « Ceci est bien différent de la Westphalie et

1. Comploter, intriguer. Voir *Les mots ont une histoire*, p.160.

1430 _ du château de monsieur le baron : si notre ami Pangloss avait vu Eldorado, il n'aurait plus dit que le château de Thunder-ten-tronckh était ce qu'il y avait de mieux sur la terre ; il est certain qu'il faut voyager. »

Après cette longue conversation, le bon vieillard fit atteler
1435 _ un carrosse à six moutons, et donna douze de ses domestiques aux deux voyageurs pour les conduire à la cour : « Excusez-moi, leur dit-il, si mon âge me prive de l'honneur de vous accompagner. Le roi vous recevra d'une manière dont vous ne serez pas mécontents, et vous pardonnerez sans doute aux usages du pays
1440 _ s'il y en a quelques-uns qui vous déplaisent. »

Candide et Cacambo montent en carrosse ; les six moutons volaient, et en moins de quatre heures on arriva au palais du roi, situé à un bout de la capitale. Le portail était de deux cent vingt pieds de haut et de cent de large[1] ; il est impossible d'exprimer
1445 _ quelle en était la matière. On voit assez quelle supériorité prodigieuse elle devait avoir sur ces cailloux et sur ce sable que nous nommons *or* et *pierreries*.

Vingt belles filles de la garde reçurent Candide et Cacambo à la descente du carrosse, les conduisirent aux bains, les vêtirent
1450 _ de robes d'un tissu de duvet de colibri ; après quoi les grands officiers et les grandes officières de la couronne les menèrent à l'appartement de Sa Majesté, au milieu de deux files chacune de mille musiciens, selon l'usage ordinaire. Quand ils approchèrent

1. Ce portail mesure donc environ soixante-sept mètres de haut sur trente mètres de large.

de la salle du trône, Cacambo demanda à un grand officier comment il fallait s'y prendre pour saluer Sa Majesté; si on se jetait _ 1455 à genoux ou ventre à terre; si on mettait les mains sur la tête ou sur le derrière; si on léchait la poussière de la salle; en un mot, quelle était la cérémonie. «L'usage, dit le grand officier, est d'embrasser le roi et de le baiser des deux côtés.» Candide et Cacambo sautèrent au cou de Sa Majesté, qui les reçut avec _ 1460 toute la grâce imaginable et qui les pria poliment à souper.

En attendant, on leur fit voir la ville, les édifices publics élevés jusqu'aux nues, les marchés ornés de mille colonnes, les fontaines d'eau pure, les fontaines d'eau rose, celles de liqueurs de canne de sucre, qui coulaient continuellement dans de grandes _ 1465 places, pavées d'une espèce de pierreries qui répandaient une odeur semblable à celle du gérofle et de la cannelle. Candide demanda à voir la cour de justice, le parlement; on lui dit qu'il n'y en avait point, et qu'on ne plaidait jamais. Il s'informa s'il y avait des prisons, et on lui dit que non. Ce qui le surprit davan- _ 1470 tage, et qui lui fit le plus de plaisir, ce fut le palais des sciences, dans lequel il vit une galerie de deux mille pas, toute pleine d'instruments de mathématique et de physique.

Après avoir parcouru, toute l'après-dînée, à peu près la millième partie de la ville, on les ramena chez le roi. Candide se _ 1475 mit à table entre Sa Majesté, son valet Cacambo et plusieurs dames. Jamais on ne fit meilleure chère, et jamais on n'eut plus d'esprit à souper qu'en eut Sa Majesté. Cacambo expliquait les bons mots du roi à Candide, et quoique traduits, ils paraissaient

1480 _ toujours des bons mots. De tout ce qui étonnait Candide, ce n'était pas ce qui l'étonna le moins.

Ils passèrent un mois dans cet hospice. Candide ne cessait de dire à Cacambo : « Il est vrai, mon ami, encore une fois, que le château où je suis né ne vaut pas le pays où nous sommes ; 1485 _ mais enfin Mlle Cunégonde n'y est pas, et vous avez sans doute quelque maîtresse en Europe. Si nous restons ici, nous n'y serons que comme les autres ; au lieu que si nous retournons dans notre monde seulement avec douze moutons chargés de cailloux d'Eldorado, nous serons plus riches que tous les rois 1490 _ ensemble, nous n'aurons plus d'inquisiteurs à craindre, et nous pourrons aisément reprendre Mlle Cunégonde. »

Ce discours plut à Cacambo : on aime tant à courir, à se faire valoir chez les siens, à faire parade de ce qu'on a vu dans ses voyages, que les deux heureux résolurent de ne plus l'être et de 1495 _ demander leur congé à Sa Majesté.

« Vous faites une sottise, leur dit le roi ; je sais bien que mon pays est peu de chose ; mais, quand on est passablement quelque part, il faut y rester ; je n'ai pas assurément le droit de retenir des étrangers ; c'est une tyrannie qui n'est ni dans nos mœurs, 1500 _ ni dans nos lois : tous les hommes sont libres ; partez quand vous voudrez, mais la sortie est bien difficile. Il est impossible de remonter la rivière rapide sur laquelle vous êtes arrivés par miracle, et qui court sous des voûtes de rochers. Les montagnes qui entourent tout mon royaume ont dix mille pieds de 1505 _ hauteur, et sont droites comme des murailles ; elles occupent

chacune en largeur un espace de plus de dix lieues[1]; on ne peut en descendre que par des précipices. Cependant, puisque vous voulez absolument partir, je vais donner ordre aux intendants des machines d'en faire une qui puisse vous transporter com-modément. Quand on vous aura conduits au revers des mon- _ 1510 tagnes, personne ne pourra vous accompagner; car mes sujets ont fait vœu de ne jamais sortir de leur enceinte, et ils sont trop sages pour rompre leur vœu. Demandez-moi d'ailleurs tout ce qu'il vous plaira. — Nous ne demandons à Votre Majesté, dit Cacambo, que quelques moutons chargés de vivres, de cailloux, _ 1515 et de la boue du pays.» Le roi rit. «Je ne conçois pas, dit-il, quel goût vos gens d'Europe ont pour notre boue jaune; mais emportez-en tant que vous voudrez, et grand bien vous fasse.»

Il donna l'ordre sur-le-champ à ses ingénieurs de faire une machine pour guinder[2] ces deux hommes extraordinaires hors _ 1520 du royaume. Trois mille bons physiciens y travaillèrent; elle fut prête au bout de quinze jours, et ne coûta pas plus de vingt mil-lions de livres sterling, monnaie du pays. On mit sur la machine Candide et Cacambo; il y avait deux grands moutons rouges sellés et bridés pour leur servir de monture quand ils auraient _ 1525 franchi les montagnes, vingt moutons de bât chargés de vivres, trente qui portaient des présents de ce que le pays a de plus

1. Les montagnes qui entourent Eldorado sont hautes de plus de trois mille mètres et larges de plus de quarante kilomètres.
2. Hisser, soulever, par exemple avec un câble et des poulies.

curieux, et cinquante chargés d'or, de pierreries et de diamants. Le roi embrassa tendrement les deux vagabonds.

1530 ⎯ Ce fut un beau spectacle que leur départ, et la manière ingénieuse dont ils furent hissés, eux et leurs moutons, au haut des montagnes. Les physiciens prirent congé d'eux après les avoir mis en sûreté, et Candide n'eut plus d'autre désir et d'autre objet que d'aller présenter ses moutons à Mlle Cunégonde. «Nous avons,

1535 ⎯ dit-il, de quoi payer le gouverneur de Buenos-Ayres, si Mlle Cunégonde peut être mise à prix. Marchons vers la Cayenne, embarquons-nous, et nous verrons ensuite quel royaume nous pourrons acheter.»

Ce qui leur arriva à Surinam,
et comment Candide
fit connaissance avec Martin

La première journée de nos deux voyageurs fut assez agréable. Ils étaient encouragés par l'idée de se voir possesseurs de _ 1540 plus de trésors que l'Asie, l'Europe et l'Afrique n'en pouvaient rassembler. Candide, transporté, écrivit le nom de Cunégonde sur les arbres. À la seconde journée deux de leurs moutons s'enfoncèrent dans des marais, et y furent abîmés avec leurs charges ; deux autres moutons moururent de fatigue quelques jours après ; _ 1545 sept ou huit périrent ensuite de faim dans un désert ; d'autres tombèrent au bout de quelques jours dans des précipices. Enfin, après cent jours de marche, il ne leur resta que deux moutons. Candide dit à Cacambo : «Mon ami, vous voyez comme les richesses de ce monde sont périssables ; il n'y a rien de solide que _ 1550 la vertu et le bonheur de revoir Mlle Cunégonde. — Je l'avoue, dit Cacambo ; mais il nous reste encore deux moutons avec plus de trésors que n'en aura jamais le roi d'Espagne, et je vois de loin une ville que je soupçonne être Surinam, appartenant aux Hollandais. Nous sommes au bout de nos peines et au commen- _ 1555 cement de notre félicité.»

En approchant de la ville, ils rencontrèrent un nègre étendu

par terre, n'ayant plus que la moitié de son habit, c'est-à-dire d'un caleçon de toile bleue ; il manquait à ce pauvre homme la
1560 — jambe gauche et la main droite. «Eh, mon Dieu ! lui dit Candide en hollandais, que fais-tu là, mon ami, dans l'état horrible où je te vois ? — J'attends mon maître, M. Vanderdendur, le fameux négociant, répondit le nègre. — Est-ce M. Vanderdendur, dit Candide, qui t'a traité ainsi ? — Oui, monsieur, dit le nègre, c'est
1565 — l'usage. On nous donne un caleçon de toile pour tout vêtement deux fois l'année. Quand nous travaillons aux sucreries, et que la meule nous attrape le doigt, on nous coupe la main ; quand nous voulons nous enfuir, on nous coupe la jambe[1] : je me suis trouvé dans les deux cas. C'est à ce prix que vous mangez du sucre en
1570 — Europe. Cependant, lorsque ma mère me vendit dix écus pata- gons sur la côte de Guinée, elle me disait : «Mon cher enfant, bénis nos fétiches, adore-les toujours, ils te feront vivre heureux, tu as l'honneur d'être esclave de nos seigneurs les blancs, et tu fais par là la fortune de ton père et de ta mère.» Hélas ! je ne sais
1575 — pas si j'ai fait leur fortune, mais ils n'ont pas fait la mienne. Les chiens, les singes et les perroquets sont mille fois moins mal- heureux que nous. Les fétiches hollandais[2] qui m'ont converti me disent tous les dimanches que nous sommes tous enfants d'Adam, blancs et noirs. Je ne suis pas généalogiste ; mais si ces
1580 — prêcheurs disent vrai, nous sommes tous cousins issus de ger-

1. Les éléments rapportés ici se réfèrent au *Code noir* de 1685 qui édicte les règles de l'esclavage.
2. Les fétiches sont des objets ou des animaux auxquels certaines religions attribuent des pouvoirs magiques. L'expression «fétiches hollandais» désigne ici les pasteurs que l'esclave perçoit comme des fétiches.

mains. Or vous m'avouerez qu'on ne peut pas en user avec ses parents d'une manière plus horrible.

— Ô Pangloss! s'écria Candide, tu n'avais pas deviné cette abomination; c'en est fait, il faudra qu'à la fin je renonce à ton optimisme[1]. — Qu'est-ce qu'optimisme? disait Cacambo. — Hélas! _ 1585 dit Candide, c'est la rage de soutenir que tout est bien quand on est mal.» Et il versait des larmes en regardant son nègre, et en pleurant il entra dans Surinam.

La première chose dont ils s'informent, c'est s'il n'y a point au port quelque vaisseau qu'on pût envoyer à Buenos-Ayres. Celui _ 1590 à qui ils s'adressèrent était justement un patron espagnol, qui s'offrit à faire avec eux un marché honnête. Il leur donna rendez-vous dans un cabaret. Candide et le fidèle Cacambo allèrent l'y attendre avec leurs deux moutons.

Candide, qui avait le cœur sur les lèvres, conta à l'Espagnol _ 1595 toutes ses aventures, et lui avoua qu'il voulait enlever Mlle Cunégonde. «Je me garderai bien de vous passer à Buenos-Ayres, dit le patron : je serais pendu et vous aussi. La belle Cunégonde est la maîtresse favorite de monseigneur.» Ce fut un coup de foudre pour Candide; il pleura longtemps; enfin il tira à part _ 1600 Cacambo : «Voici, mon cher ami, lui dit-il, ce qu'il faut que tu fasses. Nous avons chacun dans nos poches pour cinq ou six millions de diamants; tu es plus habile que moi; va prendre Mlle Cunégonde à Buenos-Ayres. Si le gouverneur fait quelques

1. Le mot désigne ici la théorie de Pangloss qui affirme que tout est au mieux. Voir *Les mots ont une histoire*, p. 160.

1605 _ difficultés, donne-lui un million ; s'il ne se rend pas, donne-lui-en deux ; tu n'as point tué d'inquisiteur, on ne se défiera point de toi. J'équiperai un autre vaisseau ; j'irai t'attendre à Venise ; c'est un pays libre où l'on n'a rien à craindre ni des Bulgares, ni des Abares, ni des Juifs, ni des inquisiteurs.» Cacambo applaudit à

1610 _ cette sage résolution. Il était au désespoir de se séparer d'un bon maître, devenu son ami intime ; mais le plaisir de lui être utile l'emporta sur la douleur de le quitter. Ils s'embrassèrent en versant des larmes. Candide lui recommanda de ne point oublier la bonne vieille. Cacambo partit dès le jour même : c'était un très

1615 _ bon homme que ce Cacambo.

Candide resta encore quelque temps à Surinam, et attendit qu'un autre patron voulût le mener en Italie, lui et les deux moutons qui lui restaient. Il prit des domestiques, et acheta tout ce qui lui était nécessaire pour un long voyage ; enfin

1620 _ M. Vanderdendur, maître d'un gros vaisseau, vint se présenter à lui. «Combien voulez-vous, demanda-t-il à cet homme, pour me mener en droiture¹ à Venise, moi, mes gens, mon bagage, et les deux moutons que voilà ?» Le patron s'accorda à dix mille piastres. Candide n'hésita pas.

1625 _ «Oh ! oh ! dit à part soi le prudent Vanderdendur, cet étranger donne dix mille piastres tout d'un coup ! il faut qu'il soit bien riche.» Puis, revenant un moment après, il signifia qu'il ne

1. Formule vieillie pour dire «directement».

pouvait partir à moins de vingt mille. «Eh bien! vous les aurez», dit Candide.

«Ouais! se dit tout bas le marchand, cet homme donne vingt _ 1630 mille piastres aussi aisément que dix mille.» Il revint encore, et dit qu'il ne pouvait le conduire à Venise à moins de trente mille piastres. «Vous en aurez donc trente mille», répondit Candide.

«Oh! oh! se dit encore le marchand hollandais, trente mille piastres ne coûtent rien à cet homme-ci; sans doute les deux _ 1635 moutons portent des trésors immenses; n'insistons pas davantage: faisons-nous d'abord payer les trente mille piastres, et puis nous verrons.» Candide vendit deux petits diamants, dont le moindre valait plus que tout l'argent que demandait le patron. Il le paya d'avance. Les deux moutons furent embarqués. Candide _ 1640 suivait dans un petit bateau pour joindre le vaisseau à la rade; le patron prend son temps, met à la voile, démarre; le vent le favorise. Candide, éperdu et stupéfait, le perd bientôt de vue. «Hélas! cria-t-il, voilà un tour digne de l'ancien monde.» Il retourne au rivage, abîmé dans la douleur; car enfin il avait perdu de quoi _ 1645 faire la fortune de vingt monarques.

Il se transporte chez le juge hollandais; et comme il était un peu troublé, il frappe rudement à la porte; il entre, expose son aventure, et crie un peu plus haut qu'il ne convenait. Le juge commença par lui faire payer dix mille piastres pour le bruit _ 1650 qu'il avait fait. Ensuite il l'écouta patiemment, lui promit d'examiner son affaire sitôt que le marchand serait revenu, et se fit payer dix mille autres piastres pour les frais de l'audience.

Ce procédé acheva de désespérer Candide ; il avait à la vérité
1655 _ essuyé des malheurs mille fois plus douloureux ; mais le sang-
froid du juge, et celui du patron dont il était volé, alluma sa bile[1],
et le plongea dans une noire mélancolie[2]. La méchanceté des
hommes se présentait à son esprit dans toute sa laideur ; il ne se
nourrissait que d'idées tristes. Enfin, un vaisseau français étant
1660 _ sur le point de partir pour Bordeaux, comme il n'avait plus de
moutons chargés de diamants à embarquer, il loua une chambre
du vaisseau à juste prix, et fit signifier dans la ville qu'il payerait
le passage, la nourriture, et donnerait deux mille piastres à un
honnête homme qui voudrait faire le voyage avec lui, à condi-
1665 _ tion que cet homme serait le plus dégoûté de son état et le plus
malheureux de la province.

Il se présenta une foule de prétendants qu'une flotte n'aurait
pu contenir. Candide voulant choisir entre les plus apparents[3], il
distingua une vingtaine de personnes qui lui paraissaient assez
1670 _ sociables, et qui toutes prétendaient mériter la préférence. Il les
assembla dans son cabaret, et leur donna à souper, à condition
que chacun ferait serment de raconter fidèlement son histoire,
promettant de choisir celui qui lui paraîtrait le plus à plaindre
et le plus mécontent de son état à plus juste titre, et de donner
1675 _ aux autres quelques gratifications.

La séance dura jusqu'à quatre heures du matin. Candide, en

1. Le mit en colère, excita sa colère.
2. Tristesse. Voir *Les mots ont une histoire*, p. 160.
3. Les plus remarquables, les plus distingués. « Apparent » a donc le sens de « présentant une belle apparence ».

écoutant toutes leurs aventures, se ressouvenait de ce que lui avait dit la vieille en allant à Buenos-Ayres, et de la gageure qu'elle avait faite, qu'il n'y avait personne sur le vaisseau à qui il ne fût arrivé de très grands malheurs. Il songeait à Pangloss à chaque _ 1680 aventure qu'on lui contait. «Ce Pangloss, disait-il, serait bien embarrassé à démontrer son système. Je voudrais qu'il fût ici. Certainement, si tout va bien, c'est dans Eldorado, et non pas dans le reste de la terre.» Enfin il se détermina en faveur d'un pauvre savant qui avait travaillé dix ans pour les libraires d'Am- _ 1685 sterdam. Il jugea qu'il n'y avait point de métier au monde dont on dût être plus dégoûté.

Ce savant, qui était d'ailleurs un bon homme, avait été volé par sa femme, battu par son fils, et abandonné de sa fille qui s'était fait enlever par un Portugais. Il venait d'être privé d'un _ 1690 petit emploi duquel il subsistait; et les prédicants de Surinam le persécutaient parce qu'ils le prenaient pour un socinien[1]. Il faut avouer que les autres étaient pour le moins aussi malheureux que lui; mais Candide espérait que le savant le désennuierait dans le voyage. Tous ses autres rivaux trouvèrent que Candide leur _ 1695 faisait une grande injustice; mais il les apaisa en leur donnant à chacun cent piastres.

[1]. Adepte du socinianisme. Le socinianisme est une doctrine protestante apparue au XVIᵉ siècle qui prône une lecture rationnelle de la Bible et rejette un certain nombre de dogmes parce qu'ils paraissent contraires à la raison. Les déistes comme Voltaire sont plutôt favorables à cette doctrine.

CHAPITRE 20

Ce qui arriva sur mer
à Candide et à Martin

Le vieux savant, qui s'appelait Martin, s'embarqua donc pour Bordeaux avec Candide. L'un et l'autre avaient beaucoup vu et beaucoup souffert ; et quand le vaisseau aurait dû faire voile de Surinam au Japon par le cap de Bonne-Espérance, ils auraient eu de quoi s'entretenir du mal moral et du mal physique pendant tout le voyage.

Cependant Candide avait un grand avantage sur Martin, c'est qu'il espérait toujours revoir Mlle Cunégonde, et que Martin n'avait rien à espérer ; de plus, il avait de l'or et des diamants ; et, quoiqu'il eût perdu cent gros moutons rouges chargés des plus grands trésors de la terre, quoiqu'il eût toujours sur le cœur la friponnerie du patron hollandais, cependant, quand il songeait à ce qui lui restait dans ses poches, et quand il parlait de Cunégonde, surtout à la fin du repas, il penchait alors pour le système de Pangloss.

« Mais vous, monsieur Martin, dit-il au savant, que pensez-vous de tout cela ? Quelle est votre idée sur le mal moral et le mal physique ? — Monsieur, répondit Martin, mes prêtres m'ont accusé d'être socinien ; mais la vérité du fait est que je

suis manichéen[1]. — Vous vous moquez de moi, dit Candide, il n'y a plus de manichéens dans le monde. — Il y a moi, dit Martin ; je ne sais qu'y faire, mais je ne peux penser autrement. — Il faut que vous ayez le diable au corps, dit Candide. — Il _ 1720 se mêle si fort des affaires de ce monde, dit Martin, qu'il pourrait bien être dans mon corps, comme partout ailleurs ; mais je vous avoue qu'en jetant la vue sur ce globe, ou plutôt sur ce globule, je pense que Dieu l'a abandonné à quelque être malfaisant ; j'en excepte toujours Eldorado. Je n'ai guère vu de ville _ 1725 qui ne désirât la ruine de la ville voisine, point de famille qui ne voulût exterminer quelque autre famille. Partout les faibles ont en exécration[2] les puissants devant lesquels ils rampent, et les puissants les traitent comme des troupeaux dont on vend la laine et la chair. Un million d'assassins enrégimentés, courant _ 1730 d'un bout de l'Europe à l'autre, exerce le meurtre et le brigandage avec discipline pour gagner son pain, parce qu'il n'a pas de métier plus honnête ; et dans les villes qui paraissent jouir de la paix et où les arts fleurissent, les hommes sont dévorés de plus d'envie, de soins et d'inquiétudes qu'une ville assiégée n'éprouve _ 1735 de fléaux. Les chagrins secrets sont encore plus cruels que les misères publiques. En un mot, j'en ai tant vu, et tant éprouvé, que je suis manichéen.

1. Adepte du manichéisme, courant hérétique apparu au IIᵉ siècle après Jésus-Christ. Voir *Les mots ont une histoire*, p. 160.
2. En horreur. « Exécrer » signifie « détester », haïr. Voir *Les mots ont une histoire*, p. 160.

— Il y a pourtant du bon, répliquait Candide. — Cela peut
1740 _ être, disait Martin, mais je ne le connais pas.»

Au milieu de cette dispute[1], on entendit un bruit de canon. Le
bruit redouble de moment en moment. Chacun prend sa lunette.
On aperçoit deux vaisseaux qui combattaient à la distance d'en-
viron trois milles ; le vent les amena l'un et l'autre si près du
1745 _ vaisseau français qu'on eut le plaisir de voir le combat tout à son
aise. Enfin l'un des deux vaisseaux lâcha à l'autre une bordée[2] si
bas et si juste qu'il le coula à fond. Candide et Martin aperçurent
distinctement une centaine d'hommes sur le tillac du vaisseau
qui s'enfonçait ; ils levaient tous les mains au ciel et jetaient des
1750 _ clameurs effroyables ; en un moment tout fut englouti.

«Eh bien ! dit Martin, voilà comme les hommes se traitent les
uns les autres. — Il est vrai, dit Candide, qu'il y a quelque chose
de diabolique dans cette affaire.» En parlant ainsi, il aperçut je
ne sais quoi d'un rouge éclatant qui nageait auprès de son vais-
1755 _ seau. On détacha la chaloupe pour voir ce que ce pouvait être ;
c'était un de ses moutons. Candide eut plus de joie de retrouver
ce mouton qu'il n'avait été affligé d'en perdre cent tous chargés
de gros diamants d'Eldorado.

Le capitaine français aperçut bientôt que le capitaine du vais-
1760 _ seau submergeant était espagnol, et que celui du vaisseau sub-
mergé était un pirate hollandais ; c'était celui-là même qui avait
volé Candide. Les richesses immenses dont ce scélérat s'était

1. La « dispute » désigne ici un échange d'arguments. C'est le sens ancien propre à la rhétorique.
2. Une attaque d'artillerie, une fusillade.

emparé furent ensevelies avec lui dans la mer, et il n'y eut qu'un
mouton de sauvé. «Vous voyez, dit Candide à Martin, que le
crime est puni quelquefois; ce coquin de patron hollandais a _ 1765
eu le sort qu'il méritait. — Oui, dit Martin, mais fallait-il que
les passagers qui étaient sur son vaisseau périssent aussi? Dieu a
puni ce fripon, le diable a noyé les autres.»

Cependant le vaisseau français et l'espagnol continuèrent leur
route, et Candide continua ses conversations avec Martin. Ils _ 1770
disputèrent quinze jours de suite, et au bout de quinze jours ils
étaient aussi avancés que le premier. Mais enfin ils parlaient, ils
se communiquaient des idées, ils se consolaient. Candide cares-
sait son mouton. «Puisque je t'ai retrouvé, dit-il, je pourrai bien
retrouver Cunégonde.»

_ 1775

CHAPITRE 21

Candide et Martin
approchent des côtes de France
et raisonnent

On aperçut enfin les côtes de France. «Avez-vous jamais été en France, monsieur Martin? dit Candide. — Oui, dit Martin, j'ai parcouru plusieurs provinces. Il y en a où la moitié des habitants est folle, quelques-unes où l'on est trop rusé, d'autres

1780 _ où l'on est communément assez doux et assez bête, d'autres où l'on fait le bel esprit; et dans toutes, la principale occupation est l'amour, la seconde de médire, et la troisième de dire des sottises. — Mais, monsieur Martin, avez-vous vu Paris? — Oui, j'ai vu Paris; il tient de toutes ces espèces-là; c'est un chaos, c'est

1785 _ une presse¹ dans laquelle tout le monde cherche le plaisir, et où presque personne ne le trouve, du moins à ce qu'il m'a paru. J'y ai séjourné peu; j'y fus volé, en arrivant, de tout ce que j'avais, par des filous, à la foire Saint-Germain; on me prit moi-même pour un voleur, et je fus huit jours en prison; après quoi je me

1790 _ fis correcteur d'imprimerie pour gagner de quoi retourner à pied en Hollande. Je connus la canaille écrivante, la canaille cabalante

1. Un lieu rempli par la foule.

et la canaille convulsionnaire[1]. On dit qu'il y a des gens fort polis dans cette ville-là ; je le veux croire.

— Pour moi, je n'ai nulle curiosité de voir la France, dit Candide ; vous devinez aisément que, quand on a passé un mois _ 1795 dans Eldorado, on ne se soucie plus de rien voir sur la terre que Mlle Cunégonde ; je vais l'attendre à Venise ; nous traverserons la France pour aller en Italie ; ne m'accompagnerez-vous pas ? — Très volontiers, dit Martin ; on dit que Venise n'est bonne que pour les nobles Vénitiens, mais que cependant on y reçoit _ 1800 très bien les étrangers quand ils ont beaucoup d'argent ; je n'en ai point, vous en avez, je vous suivrai partout. — À propos, dit Candide, pensez-vous que la terre ait été originairement une mer, comme on l'assure dans ce gros livre qui appartient au capitaine du vaisseau ? — Je n'en crois rien du tout, dit Martin, _ 1805 non plus que de toutes les rêveries qu'on nous débite depuis quelque temps. — Mais à quelle fin[2] ce monde a-t-il donc été formé ? dit Candide. — Pour nous faire enrager, répondit Martin. — N'êtes-vous pas bien étonné, continua Candide, de l'amour que ces deux filles du pays des Oreillons avaient pour ces deux _ 1810 singes, et dont je vous ai conté l'aventure ? — Point du tout, dit Martin ; je ne vois pas ce que cette passion a d'étrange ; j'ai tant vu de choses extraordinaires, qu'il n'y a plus rien d'extraordinaire. — Croyez-vous, dit Candide, que les hommes se soient

1. Voltaire vise ici les écrivains et les journalistes, les religieux et les jansénistes, appelés « convulsionnaires », car ils pratiquent une forme de transe qui donne lieu à des spasmes et des tremblements qu'on appelle convulsions.
2. Dans quel but.

1815 _ toujours mutuellement massacrés comme ils font aujourd'hui ? qu'ils aient toujours été menteurs, fourbes, perfides, ingrats, brigands, faibles, volages, lâches, envieux, gourmands, ivrognes, avares, ambitieux, sanguinaires, calomniateurs, débauchés, fanatiques, hypocrites et sots ? — Croyez-vous, dit Martin, que les

1820 _ éperviers aient toujours mangé des pigeons quand ils en ont trouvé ? — Oui, sans doute, dit Candide. — Eh bien ! dit Martin, si les éperviers ont toujours eu le même caractère, pourquoi voulez-vous que les hommes aient changé le leur ? — Oh ! dit Candide, il y a bien de la différence, car le libre arbitre[1]...» En

1825 _ raisonnant ainsi, ils arrivèrent à Bordeaux.

1. « Le libre arbitre » est la capacité de l'homme à faire des choix en fonction de sa seule volonté.

CHAPITRE 22

Ce qui arriva en France
à Candide et à Martin

Candide ne s'arrêta dans Bordeaux qu'autant de temps qu'il en fallait pour vendre quelques cailloux du Dorado, et pour s'accommoder d'une bonne chaise[1] à deux places ; car il ne pouvait plus se passer de son philosophe Martin. Il fut seulement très fâché de se séparer de son mouton, qu'il laissa à l'Académie _ 1830 des sciences de Bordeaux, laquelle proposa pour le sujet du prix de cette année de trouver pourquoi la laine de ce mouton était rouge ; et le prix fut adjugé à un savant du Nord, qui démontra par A plus B, moins C, divisé par Z, que le mouton devait être rouge, et mourir de la clavelée[2]. _ 1835

Cependant tous les voyageurs que Candide rencontra dans les cabarets de la route lui disaient : « Nous allons à Paris. » Cet empressement général lui donna enfin l'envie de voir cette capitale ; ce n'était pas beaucoup se détourner du chemin de Venise.

Il entra par le faubourg Saint-Marceau[3], et crut être dans le plus _ 1840 vilain village de la Westphalie.

À peine Candide fut-il dans son auberge qu'il fut attaqué d'une

[1]. Il s'agit d'un véhicule tiré par des chevaux. On parle aussi de chaise à porteurs lorsque la cabine contenant les sièges est portée par des hommes et non tirée par des chevaux.
[2]. Maladie touchant les moutons.
[3]. Quartier du sud de Paris, très pauvre au XVIIIᵉ siècle et connu pour sa saleté.

maladie légère causée par ses fatigues. Comme il avait au doigt un diamant énorme, et qu'on avait aperçu dans son équipage une 1845 — cassette prodigieusement pesante, il eut aussitôt auprès de lui deux médecins qu'il n'avait pas mandés, quelques amis intimes qui ne le quittèrent pas, et deux dévotes qui faisaient chauffer ses bouillons. Martin disait : «Je me souviens d'avoir été malade aussi à Paris dans mon premier voyage ; j'étais fort pauvre : aussi 1850 — n'eus-je ni amis, ni dévotes, ni médecins, et je guéris.»

Cependant, à force de médecines et de saignées, la maladie de Candide devint sérieuse. Un habitué[1] du quartier vint avec douceur lui demander un billet payable au porteur pour l'autre monde[2], Candide n'en voulut rien faire. Les dévotes l'assurèrent 1855 — que c'était une nouvelle mode ; Candide répondit qu'il n'était point homme à la mode. Martin voulut jeter l'habitué par les fenêtres. Le clerc jura qu'on n'enterrerait point Candide. Martin jura qu'il enterrerait le clerc s'il continuait à les importuner. La querelle s'échauffa ; Martin le prit par les épaules et le chassa 1860 — rudement ; ce qui causa un grand scandale, dont on fit un procès-verbal.

Candide guérit ; et pendant sa convalescence il eut très bonne compagnie à souper chez lui. On jouait gros jeu. Candide était tout étonné que jamais les as ne lui vinssent ; et Martin ne s'en 1865 — étonnait pas.

1. Ici, prêtre qui s'occupe d'une paroisse dont il n'est pas le prêtre titulaire.
2. Voltaire joue sur un double sens. Le billet au porteur est un engagement financier. Le billet de confession est un document signé du mourant qui atteste du fait qu'il n'est pas janséniste. Sans ce billet de confession, le mort n'a pas droit aux hommages chrétiens (extrême-onction, sépulture chrétienne).

Parmi ceux qui lui faisaient les honneurs de la ville, il y avait un petit abbé périgourdin, l'un de ces gens empressés, toujours alertes, toujours serviables, effrontés, caressants, accommodants, qui guettent les étrangers à leur passage, leur content l'histoire scandaleuse de la ville, et leur offrent des plaisirs à tout prix. _ 1870 Celui-ci mena d'abord Candide et Martin à la comédie. On y jouait une tragédie nouvelle. Candide se trouva placé auprès de quelques beaux esprits. Cela ne l'empêcha pas de pleurer à des scènes jouées parfaitement. Un des raisonneurs qui étaient à ses côtés lui dit dans un entracte : « Vous avez grand tort de pleurer : _ 1875 cette actrice est fort mauvaise ; l'acteur qui joue avec elle est plus mauvais acteur encore ; la pièce est encore plus mauvaise que les acteurs ; l'auteur ne sait pas un mot d'arabe, et cependant la scène est en Arabie ; et, de plus, c'est un homme qui ne croit pas aux idées innées[1] : je vous apporterai demain vingt brochures _ 1880 contre lui. — Monsieur, combien avez-vous de pièces de théâtre en France ? » dit Candide à l'abbé ; lequel répondit : « Cinq ou six mille. — C'est beaucoup, dit Candide ; combien y en a-t-il de bonnes ? — Quinze ou seize, répliqua l'autre. — C'est beaucoup », dit Martin.
_ 1885

Candide fut très content d'une actrice qui faisait la reine Éli-sabeth dans une assez plate tragédie que l'on joue quelquefois. « Cette actrice, dit-il à Martin, me plaît beaucoup ; elle a un faux air de Mlle Cunégonde ; je serais bien aise de la saluer. » L'abbé

[1]. Les « idées innées » désignent une théorie développée par le philosophe René Descartes. Voltaire y est lui-même opposé.

1890 _ périgourdin s'offrit à l'introduire chez elle. Candide, élevé en Allemagne, demanda quelle était l'étiquette, et comment on traitait en France les reines d'Angleterre. «Il faut distinguer, dit l'abbé; en province, on les mène au cabaret; à Paris, on les respecte quand elles sont belles, et on les jette à la voirie¹ quand

1895 _ elles sont mortes. — Des reines à la voirie! dit Candide. — Oui vraiment, dit Martin; monsieur l'abbé a raison : j'étais à Paris quand Mlle Monime passa, comme on dit, de cette vie à l'autre; on lui refusa ce que ces gens-ci appellent *les honneurs de la sépulture*, c'est-à-dire de pourrir avec tous les gueux du quartier dans

1900 _ un vilain cimetière; elle fut enterrée toute seule de sa bande au coin de la rue de Bourgogne; ce qui dut lui faire une peine extrême, car elle pensait très noblement. — Cela est bien impoli, dit Candide. — Que voulez-vous? dit Martin; ces gens-ci sont ainsi faits. Imaginez toutes les contradictions, toutes les incom-

1905 _ patibilités possibles, vous les verrez dans le gouvernement, dans les tribunaux, dans les églises, dans les spectacles de cette drôle de nation. — Est-il vrai qu'on rit toujours à Paris? dit Candide. — Oui, dit l'abbé, mais c'est en enrageant; car on s'y plaint de tout avec de grands éclats de rire; et même on y fait en riant les

1910 _ actions les plus détestables.

— Quel est, dit Candide, ce gros cochon qui me disait tant de mal de la pièce où j'ai tant pleuré et des acteurs qui m'ont fai

1. Les actrices sont enterrées dans les fosses communes, sans recevoir de sépulture chrétienne. Voltaire fait ensuite référence à Mlle Lecouvreur, comédienne décédée en 1730 et «jetée à la voirie», lorsqu'il évoque «Mlle Monime».

tant de plaisir ? — C'est un mal vivant, répondit l'abbé, qui gagne
sa vie à dire du mal de toutes les pièces et de tous les livres ; il hait
quiconque réussit, comme les eunuques haïssent les jouissants : _ 1915
c'est un de ces serpents de la littérature qui se nourrissent de
fange et de venin ; c'est un folliculaire. — Qu'appelez-vous fol-
liculaire ? dit Candide. — C'est, dit l'abbé, un faiseur de feuilles,
un *Fréron*[1]. »

C'est ainsi que Candide, Martin et le Périgourdin raisonnaient _ 1920
sur l'escalier, en voyant défiler le monde au sortir de la pièce.
« Quoique je sois très empressé de revoir Mlle Cunégonde, dit
Candide, je voudrais pourtant souper avec Mlle Clairon[2] ; car elle
m'a paru admirable. »

L'abbé n'était pas homme à approcher de Mlle Clairon, qui _ 1925
ne voyait que bonne compagnie. « Elle est engagée pour ce soir,
dit-il ; mais j'aurai l'honneur de vous mener chez une dame de
qualité, et là vous connaîtrez Paris comme si vous y aviez été
quatre ans. »

Candide, qui était naturellement curieux, se laissa mener chez _ 1930
la dame, au fond du faubourg Saint-Honoré ; on y était occupé
d'un pharaon[3] ; douze tristes pontes tenaient chacun en main un
petit livre de cartes, registre cornu de leurs infortunes. Un pro-
fond silence régnait, la pâleur était sur le front des pontes, l'in-

1. L'expression « faiseur de feuilles » désigne de manière très péjorative, comme le mot « folliculaire »
(vraisemblablement inventé par Voltaire), un journaliste. Fréron est l'ennemi juré de Voltaire et des
philosophes des Lumières, qu'il attaque régulièrement dans son journal *L'Année littéraire*.
2. Mlle Clairon est une actrice célèbre que Voltaire a fait jouer dans certaines de ses pièces.
3. Jeu de cartes et de hasard. « Le banquier », « les pontes », « les parolis », « le sept-et-le-va de cam-
pagne », « les tailles » sont tous des termes appartenant au domaine du jeu de cartes.

1935 _ quiétude sur celui du banquier, et la dame du logis, assise auprès de ce banquier impitoyable, remarquait avec des yeux de lynx tous les parolis, tous les sept-et-le-va de campagne, dont chaque joueur cornait ses cartes ; elle les faisait décorner avec une attention sévère mais polie, et ne se fâchait point, de peur de perdre 1940 _ ses pratiques : la dame se faisait appeler la marquise de Parolignac. Sa fille, âgée de quinze ans, était au nombre des pontes et avertissait d'un clin d'œil des friponneries de ces pauvres gens, qui tâchaient de réparer les cruautés du sort. L'abbé périgourdin, Candide et Martin entrèrent ; personne ne se leva, ni les salua, ni 1945 _ les regarda ; tous étaient profondément occupés de leurs cartes. «Madame la baronne de Thunder-ten-tronckh était plus civile», dit Candide.

Cependant l'abbé s'approcha de l'oreille de la marquise, qui se leva à moitié, honora Candide d'un sourire gracieux, et Martin 1950 _ d'un air de tête tout à fait noble ; elle fit donner un siège et un jeu de cartes à Candide, qui perdit cinquante mille francs en deux tailles ; après quoi on soupa très gaiement, et tout le monde était étonné que Candide ne fût pas ému de sa perte ; les laquais disaient entre eux, dans leur langage de laquais : «Il faut que ce 1955 _ soit quelque milord anglais.»

Le souper fut comme la plupart des soupers de Paris : d'abord du silence, ensuite un bruit de paroles qu'on ne distingue point, puis des plaisanteries dont la plupart sont insipides, de fausses nouvelles, de mauvais raisonnements, un peu de politique et 1960 _ beaucoup de médisance ; on parla même de livres nouveaux.

« Avez-vous lu, dit l'abbé périgourdin, le roman du sieur Gauchat, docteur en théologie[1] ? — Oui, répondit un des convives, mais je n'ai pu l'achever. Nous avons une foule d'écrits impertinents, mais tous ensemble n'approchent pas de l'impertinence de Gauchat, docteur en théologie ; je suis si rassasié de cette immensité _ 1965 de détestables livres qui nous inondent que je me suis mis à ponter au pharaon. — Et les *Mélanges* de l'archidiacre T…[2], qu'en dites-vous ? dit l'abbé. — Ah ! dit Mme de Parolignac, l'ennuyeux mortel ! comme il vous dit curieusement tout ce que le monde sait ! comme il discute pesamment ce qui ne vaut pas la peine _ 1970 d'être remarqué légèrement ! comme il s'approprie sans esprit l'esprit des autres ! comme il gâte ce qu'il pille ! comme il me dégoûte ! Mais il ne me dégoûtera plus : c'est assez d'avoir lu quelques pages de l'archidiacre. »

Il y avait à table un homme savant et de goût qui appuya ce _ 1975 que disait la marquise. On parla ensuite de tragédies ; la dame demanda pourquoi il y avait des tragédies qu'on jouait quelquefois, et qu'on ne pouvait lire. L'homme de goût expliqua très bien comment une pièce pouvait avoir quelque intérêt et n'avoir presque aucun mérite ; il prouva en peu de mots que ce n'était _ 1980 pas assez d'amener une ou deux de ces situations qu'on trouve dans tous les romans, et qui séduisent toujours les spectateurs, mais qu'il faut être neuf sans être bizarre, souvent sublime, et

1. Gabriel Gauchat, ennemi des philosophes des Lumières, des encyclopédistes et de Voltaire en particulier.
2. L'archidiacre T… est sans doute l'abbé Trublet (1697-1770), avec qui Voltaire entretient des relations tantôt amicales, tantôt conflictuelles.

toujours naturel ; connaître le cœur humain et le faire parler ;
1985 être grand poète sans que jamais aucun personnage de la pièce
paraisse poète ; savoir parfaitement sa langue, la parler avec
pureté, avec une harmonie continue, sans que jamais la rime
coûte rien au sens. «Quiconque, ajouta-t-il, n'observe pas toutes
ces règles peut faire une ou deux tragédies applaudies au théâtre,
1990 mais il ne sera jamais compté au rang des bons écrivains ; il y a
très peu de bonnes tragédies ; les unes sont des idylles[1] en dia-
logues bien écrits et bien rimés ; les autres, des raisonnements
politiques qui endorment, ou des amplifications qui rebutent ;
les autres, des rêves d'énergumène[2], en style barbare, des propos
1995 interrompus, de longues apostrophes aux dieux, parce qu'on ne
sait point parler aux hommes, des maximes fausses, des lieux
communs ampoulés[3].»

Candide écouta ce propos avec attention, et conçut une grande
idée du discoureur ; et, comme la marquise avait eu soin de le
2000 placer à côté d'elle, il s'approcha de son oreille, et prit la liberté
de lui demander qui était cet homme qui parlait si bien. «C'est
un savant, dit la dame, qui ne ponte point, et que l'abbé m'amène
quelquefois à souper ; il se connaît parfaitement en tragédies et en
livres, et il a fait une tragédie sifflée et un livre dont on n'a jamais
2005 vu hors de la boutique de son libraire qu'un exemplaire qu'il m'a
dédié. — Le grand homme ! dit Candide ; c'est un autre Pangloss.»

1. Un poème amoureux.
2. Individu exalté, extravagant.
3. Présentant un raffinement excessif ou une expression pompeuse.

Alors, se tournant vers lui, il lui dit : «Monsieur, vous pensez sans doute que tout est au mieux dans le monde physique et dans le moral, et que rien ne pouvait être autrement? — Moi, monsieur, lui répondit le savant, je ne pense rien de tout cela : _ 2010 je trouve que tout va de travers chez nous ; que personne ne sait ni quel est son rang, ni quelle est sa charge, ni ce qu'il fait, ni ce qu'il doit faire, et qu'excepté le souper, qui est assez gai et où il paraît assez d'union, tout le reste du temps se passe en querelles impertinentes : jansénistes contre molinistes[1], gens du parle- _ 2015 ment contre gens d'église, gens de lettres contre gens de lettres, courtisans contre courtisans, financiers contre le peuple, femmes contre maris, parents contre parents ; c'est une guerre éternelle.»

Candide lui répliqua : «J'ai vu pis. Mais un sage, qui depuis a eu le malheur d'être pendu, m'apprit que tout cela est à mer- _ 2020 veille ; ce sont des ombres à un beau tableau. — Votre pendu se moquait du monde, dit Martin ; vos ombres sont des taches horribles. — Ce sont les hommes qui font les taches, dit Can- dide, et ils ne peuvent pas s'en dispenser. — Ce n'est donc pas leur faute», dit Martin. La plupart des pontes, qui n'entendaient _ 2025 rien à ce langage, buvaient ; et Martin raisonna avec le savant, et Candide raconta une partie de ses aventures à la dame du logis.

Après soupé, la marquise mena Candide dans son cabinet et le fit asseoir sur un canapé. «Eh bien ! lui dit-elle, vous aimez donc toujours éperdument Mlle Cunégonde de Thunder-ten-tronckh? _ 2030

1. Les «molinistes» sont les Jésuites. Le nom vient de Luis de Molina, théologien espagnol du XVIᵉ siècle.

— Oui, madame », répondit Candide. La marquise lui répliqua avec un souris tendre : « Vous me répondez comme un jeune homme de Westphalie ; un Français m'aurait dit : "Il est vrai que j'ai aimé Mlle Cunégonde ; mais en vous voyant, madame, je 2035 crains de ne la plus aimer." — Hélas ! madame, dit Candide, je répondrai comme vous voudrez. — Votre passion pour elle, dit la marquise, a commencé en ramassant son mouchoir ; je veux que vous ramassiez ma jarretière[1]. — De tout mon cœur », dit Candide ; et il la ramassa. « Mais je veux que vous me la remet- 2040 tiez », dit la dame ; et Candide la lui remit. « Voyez-vous, dit la dame, vous êtes étranger, je fais quelquefois languir mes amants de Paris quinze jours, mais je me rends à vous dès la première nuit, parce qu'il faut faire les honneurs de son pays à un jeune homme de Westphalie. » La belle, ayant aperçu deux énormes 2045 diamants aux deux mains de son jeune étranger, les loua de si bonne foi que des doigts de Candide ils passèrent aux doigts de la marquise.

Candide, en s'en retournant avec son abbé périgourdin, sentit quelques remords d'avoir fait une infidélité à Mlle Cunégonde ; 2050 monsieur l'abbé entra dans sa peine ; il n'avait qu'une légère part aux cinquante mille livres perdues au jeu par Candide, et à la valeur des deux brillants moitié donnés, moitié extorqués. Son dessein était de profiter, autant qu'il le pourrait, des avantages

1. La « jarretière » est un ruban de tissu porté par les femmes en haut de la jambe et qui sert à retenir les bas. La marquise de Parolignac relève donc sa jupe bien haut pour que Candide puisse replacer sa jarretière.

que la connaissance de Candide pouvait lui procurer. Il lui parla beaucoup de Cunégonde ; et Candide lui dit qu'il demanderait _ 2055 bien pardon à cette belle de son infidélité, quand il la verrait à Venise.

Le Périgourdin redoublait de politesse et d'attentions, et prenait un intérêt tendre à tout ce que Candide disait, à tout ce qu'il faisait, à tout ce qu'il voulait faire. _ 2060

« Vous avez donc, monsieur, lui dit-il, un rendez-vous à Venise ? — Oui, monsieur l'abbé, dit Candide ; il faut absolument que j'aille trouver Mlle Cunégonde. » Alors, engagé par le plaisir de parler de ce qu'il aimait, il conta, selon son usage, une partie de ses aventures avec cette illustre Westphalienne. _ 2065

« Je crois, dit l'abbé, que Mlle Cunégonde a bien de l'esprit, et qu'elle écrit des lettres charmantes ? — Je n'en ai jamais reçu, dit Candide ; car figurez-vous qu'ayant été chassé du château pour l'amour d'elle, je ne pus lui écrire ; que bientôt après j'appris qu'elle était morte, qu'ensuite je la retrouvai, et que je la perdis, et _ 2070 que je lui ai envoyé à deux mille cinq cents lieues d'ici un exprès[1] dont j'attends la réponse. »

L'abbé écoutait attentivement, et paraissait un peu rêveur. Il prit bientôt congé des deux étrangers, après les avoir tendrement embrassés. Le lendemain Candide reçut à son réveil une lettre _ 2075 conçue en ces termes :

1. Courrier porté par un messager.

Monsieur, mon très cher amant, il y a huit jours que je suis malade en cette ville; j'apprends que vous y êtes. Je volerais dans vos bras si je pouvais remuer. J'ai su votre passage à Bordeaux; j'y ai laissé le fidèle 2080 _ *Cacambo et la vieille, qui doivent bientôt me suivre. Le gouverneur de Buenos-Ayres a tout pris, mais il me reste votre cœur. Venez, votre présence me rendra la vie, ou me fera mourir de plaisir.*

Cette lettre charmante, cette lettre inespérée, transporta Candide d'une joie inexprimable; et la maladie de sa chère Cuné-
2085 _ gonde l'accabla de douleur. Partagé entre ces deux sentiments, il prend son or et ses diamants, et se fait conduire avec Martin à l'hôtel où Mlle Cunégonde demeurait. Il entre en tremblant d'émotion, son cœur palpite, sa voix sanglote; il veut ouvrir les rideaux du lit, il veut faire apporter de la lumière. «Gar-
2090 _ dez-vous-en bien, lui dit la suivante, la lumière la tue»; et sou-dain elle referme le rideau. «Ma chère Cunégonde, dit Candide en pleurant, comment vous portez-vous? si vous ne pouvez me voir, parlez-moi du moins. — Elle ne peut parler», dit la suivante. La dame alors tire du lit une main potelée que Candide arrose
2095 _ longtemps de ses larmes, et qu'il remplit ensuite de diamants, en laissant un sac plein d'or sur le fauteuil.

Au milieu de ses transports arrive un exempt[1] suivi de l'abbé périgourdin et d'une escouade. «Voilà donc, dit-il, ces deux étrangers suspects?» Il les fait incontinent saisir, et ordonne

1. Officier de police.

à ses braves de les traîner en prison. «Ce n'est pas ainsi qu'on _ 2100
traite les voyageurs dans le Dorado, dit Candide. — Je suis plus
manichéen que jamais, dit Martin. — Mais, monsieur, où nous
menez-vous? dit Candide. — Dans un cul de basse-fosse¹», dit
l'exempt.

Martin, ayant repris son sang-froid, jugea que la dame qui se _ 2105
prétendait Cunégonde était une friponne, monsieur l'abbé péri-
gourdin un fripon qui avait abusé au plus vite de l'innocence de
Candide, et l'exempt un autre fripon dont on pouvait aisément
se débarrasser.

Plutôt que de s'exposer aux procédures de la justice, Candide, _ 2110
éclairé par son conseil, et d'ailleurs toujours impatient de revoir
la véritable Cunégonde, propose à l'exempt trois petits diamants
d'environ trois mille pistoles chacun. «Ah! monsieur, lui dit
l'homme au bâton d'ivoire, eussiez-vous commis tous les crimes
imaginables, vous êtes le plus honnête homme du monde; trois _ 2115
diamants! chacun de trois mille pistoles! Monsieur! je me ferais
tuer pour vous, au lieu de vous mener dans un cachot. On arrête
tous les étrangers, mais laissez-moi faire; j'ai un frère à Dieppe
en Normandie, je vais vous y mener; et si vous avez quelque
diamant à lui donner, il aura soin de vous comme moi-même. _ 2120

— Et pourquoi arrête-t-on tous les étrangers?» dit Candide.
L'abbé périgourdin prit alors la parole et dit : «C'est parce qu'un
gueux du pays d'Atrébatie a entendu dire des sottises² : cela seul

1. Cachot.
2. Allusion à l'attentat de Damiens, originaire d'Arras, en Artois (d'où le terme d'Atrébatie). Le

lui a fait commettre un parricide, non pas tel que celui de 1610
2125 _ au mois de mai, mais tel que celui de 1594 au mois de décembre,
et tel que plusieurs autres commis dans d'autres années et dans
d'autres mois par d'autres gueux qui avaient entendu dire des
sottises. »

L'exempt alors expliqua de quoi il s'agissait. « Ah, les monstres !
2130 _ s'écria Candide ; quoi ! de telles horreurs chez un peuple qui
danse et qui chante ! Ne pourrai-je sortir au plus vite de ce pays
où des singes agacent des tigres ? J'ai vu des ours dans mon pays ;
je n'ai vu des hommes que dans le Dorado. Au nom de Dieu,
monsieur l'exempt, menez-moi à Venise, où je dois attendre
2135 _ Mlle Cunégonde. — Je ne peux vous mener qu'en Basse-Nor-
mandie », dit le barigel¹. Aussitôt il lui fait ôter ses fers, dit qu'il
s'est mépris, renvoie ses gens et emmène à Dieppe Candide et
Martin, et les laisse entre les mains de son frère. Il y avait un
petit vaisseau hollandais à la rade. Le Normand, à l'aide de trois
2140 _ autres diamants, devenu le plus serviable des hommes, embarque
Candide et ses gens dans le vaisseau qui allait faire voile pour
Portsmouth en Angleterre. Ce n'était pas le chemin de Venise ;
mais Candide croyait être délivré de l'enfer, et il comptait bien
reprendre la route de Venise à la première occasion.

5 janvier 1757, Robert-François Damiens tente d'assassiner Louis XV. 1610 correspond à l'assassinat du
roi Henri IV par Ravaillac. En 1594, Jean Châtel avait tenté d'assassiner ce même roi.
1. Le chef de police. Voltaire emploie ici un mot venu d'Italie.

CHAPITRE 23

Candide et Martin vont sur les côtes d'Angleterre ; ce qu'ils y voient

«Ah, Pangloss ! Pangloss ! Ah, Martin ! Martin ! Ah, ma _ 2145 chère Cunégonde ! qu'est-ce que ce monde-ci ? disait Candide sur le vaisseau hollandais. — Quelque chose de bien fou et de bien abominable, répondait Martin. — Vous connaissez l'Angleterre ; y est-on aussi fou qu'en France ? — C'est une autre espèce de folie, dit Martin. Vous savez que ces deux nations sont _ 2150 en guerre pour quelques arpents de neige vers le Canada[1], et qu'elles dépensent pour cette belle guerre beaucoup plus que tout le Canada ne vaut. De vous dire précisément s'il y a plus de gens à lier dans un pays que dans un autre, c'est ce que mes faibles lumières ne me permettent pas. Je sais seulement qu'en _ 2155 général les gens que nous allons voir sont fort atrabilaires[2].»

En causant ainsi ils abordèrent à Portsmouth ; une multitude de peuple couvrait le rivage, et regardait attentivement un assez gros homme qui était à genoux, les yeux bandés, sur le tillac d'un des vaisseaux de la flotte ; quatre soldats, postés vis-à-vis de _ 2160

1. La France et l'Angleterre sont effectivement en guerre et se disputent bien certaines provinces canadiennes. Il ne s'agit cependant certainement pas de la cause unique de cette guerre.
2. Colériques, tristes et misanthropes.

cet homme, lui tirèrent chacun trois balles dans le crâne le plus paisiblement du monde, et toute l'assemblée s'en retourna extrêmement satisfaite. «Qu'est-ce donc que tout ceci? dit Candide, et quel démon exerce partout son empire?» Il demanda qui était 2165 _ ce gros homme qu'on venait de tuer en cérémonie. «C'est un amiral[1], lui répondit-on. — Et pourquoi tuer cet amiral? — C'est, lui dit-on, parce qu'il n'a pas fait tuer assez de monde; il a livré un combat à un amiral français, et on a trouvé qu'il n'était pas assez près de lui. — Mais, dit Candide, l'amiral français était aussi 2170 _ loin de l'amiral anglais que celui-ci l'était de l'autre! — Cela est incontestable, lui répliqua-t-on; mais dans ce pays-ci il est bon de tuer de temps en temps un amiral pour encourager les autres.»

Candide fut si étourdi et si choqué de ce qu'il voyait, et de ce qu'il entendait, qu'il ne voulut pas seulement mettre pied à terre, 2175 _ et qu'il fit son marché avec le patron hollandais (dût-il le voler comme celui de Surinam) pour le conduire sans délai à Venise.

Le patron fut prêt au bout de deux jours. On côtoya la France; on passa à la vue de Lisbonne, et Candide frémit. On entra dans le détroit et dans la Méditerranée; enfin on aborda à Venise. 2180 _ «Dieu soit loué! dit Candide en embrassant Martin; c'est ici que je reverrai la belle Cunégonde. Je compte sur Cacambo comme sur moi-même. Tout est bien, tout va bien, tout va le mieux qu'il soit possible.»

1. Allusion à l'amiral Byng, condamné et exécuté en 1757 pour manque de combativité contre les Français.

CHAPITRE 24

De Paquette et de frère Giroflée

Dès qu'il fut à Venise, il fit chercher Cacambo dans tous les cabarets, dans tous les cafés, chez toutes les filles de joie, et _ 2185 ne le trouva point. Il envoyait tous les jours à la découverte de tous les vaisseaux et de toutes les barques : nulles nouvelles de Cacambo. «Quoi ! disait-il à Martin, j'ai eu le temps de passer de Surinam à Bordeaux, d'aller de Bordeaux à Paris, de Paris à Dieppe, de Dieppe à Portsmouth, de côtoyer le Portugal et _ 2190 l'Espagne, de traverser toute la Méditerranée, de passer quelques mois à Venise, et la belle Cunégonde n'est point venue ! Je n'ai rencontré au lieu d'elle qu'une drôlesse et un abbé périgourdin ! Cunégonde est morte sans doute, je n'ai plus qu'à mourir. Ah ! il valait mieux rester dans le paradis du Dorado que de revenir dans _ 2195 cette maudite Europe. Que vous avez raison, mon cher Martin ! tout n'est qu'illusion et calamité.»

Il tomba dans une mélancolie noire, et ne prit aucune part à l'opéra *alla moda* ni aux autres divertissements du carnaval ; pas une dame ne lui donna la moindre tentation. Martin lui dit : _ 2200 «Vous êtes bien simple, en vérité, de vous figurer qu'un valet métis, qui a cinq ou six millions dans ses poches, ira chercher

votre maîtresse au bout du monde et vous l'amènera à Venise. Il la prendra pour lui, s'il la trouve. S'il ne la trouve pas, il en pren-
2205 _ dra une autre ; je vous conseille d'oublier votre valet Cacambo et votre maîtresse Cunégonde. » Martin n'était pas consolant. La mélancolie de Candide augmenta, et Martin ne cessait de lui prouver qu'il y avait peu de vertu et peu de bonheur sur la terre, excepté peut-être dans Eldorado, où personne ne pouvait aller.

2210 _ En disputant sur cette matière importante, et en attendant Cunégonde, Candide aperçut un jeune théatin[1] dans la place Saint-Marc, qui tenait sous le bras une fille. Le théatin paraissait frais, potelé, vigoureux ; ses yeux étaient brillants, son air assuré, sa mine haute, sa démarche fière. La fille était très jolie et chan-
2215 _ tait ; elle regardait amoureusement son théatin, et de temps en temps lui pinçait ses grosses joues. « Vous m'avouerez du moins, dit Candide à Martin, que ces gens-ci sont heureux. Je n'ai trouvé jusqu'à présent dans toute la terre habitable, excepté dans Eldo-rado, que des infortunés ; mais, pour cette fille et ce théatin, je
2220 _ gage que ce sont des créatures très heureuses. — Je gage que non, dit Martin. — Il n'y a qu'à les prier à dîner, dit Candide, et vous verrez si je me trompe. »

Aussitôt il les aborde, il leur fait son compliment, et les invite à venir à son hôtellerie manger des macaronis, des perdrix de
2225 _ Lombardie, des œufs d'esturgeon, et à boire du vin de Montepul-ciano, du lacrima-christi, du chypre et du samos. La demoiselle

1. Moine appartenant à l'ordre religieux des Théatins, fondé en Italie au XVIᵉ siècle.

rougit, le théatin accepta la partie, et la fille le suivit en regardant Candide avec des yeux de surprise et de confusion qui furent obscurcis de quelques larmes. À peine fut-elle entrée dans la chambre de Candide qu'elle lui dit : « Eh quoi ! monsieur Can- _2230 dide ne reconnaît plus Paquette ! » À ces mots, Candide, qui ne l'avait pas considérée jusque-là avec attention, parce qu'il n'était occupé que de Cunégonde, lui dit : « Hélas ! ma pauvre enfant, c'est donc vous qui avez mis le docteur Pangloss dans le bel état où je l'ai vu ? _2235

— Hélas ! monsieur, c'est moi-même, dit Paquette ; je vois que vous êtes instruit de tout. J'ai su les malheurs épouvantables arrivés à toute la maison de madame la baronne et à la belle Cunégonde. Je vous jure que ma destinée n'a guère été moins triste. J'étais fort innocente quand vous m'avez vue. Un cordelier qui _2240 était mon confesseur me séduisit aisément. Les suites en furent affreuses ; je fus obligée de sortir du château quelque temps après que monsieur le baron vous eut renvoyé à grands coups de pied dans le derrière. Si un fameux médecin n'avait pas pris pitié de moi, j'étais morte. Je fus quelque temps par reconnaissance la _2245 maîtresse de ce médecin. Sa femme, qui était jalouse à la rage, me battait tous les jours impitoyablement ; c'était une furie. Ce médecin était le plus laid de tous les hommes, et moi la plus malheureuse de toutes les créatures d'être battue continuellement pour un homme que je n'aimais pas. Vous savez, mon- _2250 sieur, combien il est dangereux pour une femme acariâtre d'être l'épouse d'un médecin. Celui-ci, outré des procédés de sa femme,

lui donna un jour, pour la guérir d'un petit rhume, une médecine si efficace qu'elle en mourut en deux heures de temps dans des
2255 convulsions horribles. Les parents de madame intentèrent à monsieur un procès criminel ; il prit la fuite, et moi je fus mise en prison. Mon innocence ne m'aurait pas sauvée si je n'avais été un peu jolie. Le juge m'élargit[1] à condition qu'il succéderait au médecin. Je fus bientôt supplantée par une rivale, chassée sans récompense,
2260 et obligée de continuer ce métier abominable qui vous paraît si plaisant à vous autres hommes, et qui n'est pour nous qu'un abîme de misères. J'allai exercer la profession à Venise. Ah ! monsieur, si vous pouviez vous imaginer ce que c'est que d'être obligée de caresser indifféremment un vieux marchand, un avocat, un moine,
2265 un gondolier, un abbé ; d'être exposée à toutes les insultes, à toutes les avanies ; d'être souvent réduite à emprunter une jupe pour aller se la faire lever par un homme dégoûtant ; d'être volée par l'un de ce qu'on a gagné avec l'autre ; d'être rançonnée par les officiers de justice, et de n'avoir en perspective qu'une vieillesse affreuse,
2270 un hôpital et un fumier, vous concluriez que je suis une des plus malheureuses créatures du monde. »

Paquette ouvrait ainsi son cœur au bon Candide, dans un cabinet, en présence de Martin, qui disait à Candide : « Vous voyez que j'ai déjà gagné la moitié de la gageure. »

2275 Frère Giroflée était resté dans la salle à manger, et buvait un coup en attendant le dîner. « Mais, dit Candide à Paquette, vous

1. « Le juge me libéra. »

aviez l'air si gai, si content, quand je vous ai rencontrée; vous chantiez, vous caressiez le théatin avec une complaisance naturelle; vous m'avez paru aussi heureuse que vous prétendez être infortunée. — Ah! monsieur, répondit Paquette, c'est encore là une des misères du métier. J'ai été hier volée et battue par un officier, et il faut aujourd'hui que je paraisse de bonne humeur pour plaire à un moine.»

Candide n'en voulut pas davantage; il avoua que Martin avait raison. On se mit à table avec Paquette et le théatin, le repas fut assez amusant, et sur la fin on se parla avec quelque confiance. «Mon Père, dit Candide au moine, vous me paraissez jouir d'une destinée que tout le monde doit envier; la fleur de la santé brille sur votre visage, votre physionomie annonce le bonheur; vous avez une très jolie fille pour votre récréation, et vous paraissez très content de votre état de théatin.

— Ma foi, monsieur, dit frère Giroflée, je voudrais que tous les théatins fussent au fond de la mer. J'ai été tenté cent fois de mettre le feu au couvent, et d'aller me faire turc. Mes parents me forcèrent à l'âge de quinze ans d'endosser cette détestable robe, pour laisser plus de fortune à un maudit frère aîné que Dieu confonde! La jalousie, la discorde, la rage, habitent dans le couvent. Il est vrai que j'ai prêché quelques mauvais sermons qui m'ont valu un peu d'argent, dont le prieur me vole la moitié : le reste me sert à entretenir des filles; mais, quand je rentre le soir dans le monastère, je suis près de me casser la tête contre les murs du dortoir; et tous mes confrères sont dans le même cas.»

Martin se tournant vers Candide avec son sang-froid ordinaire : «Eh bien! lui dit-il, n'ai-je pas gagné la gageure tout entière?» Candide donna deux mille piastres à Paquette et mille piastres à frère Giroflée. «Je vous réponds, dit-il, qu'avec cela ils seront heureux. — Je n'en crois rien du tout, dit Martin; vous les rendrez peut-être avec ces piastres beaucoup plus malheureux encore.

— Il en sera ce qui pourra, dit Candide; mais une chose me console, je vois qu'on retrouve souvent les gens qu'on ne croyait jamais retrouver; il se pourra bien faire qu'ayant rencontré mon mouton rouge et Paquette, je rencontre aussi Cunégonde. — Je souhaite, dit Martin, qu'elle fasse un jour votre bonheur; mais c'est de quoi je doute fort. — Vous êtes bien dur, dit Candide.

— C'est que j'ai vécu, dit Martin.

— Mais regardez ces gondoliers, dit Candide; ne chantent-ils pas sans cesse? — Vous ne les voyez pas dans leur ménage, avec leurs femmes et leurs marmots d'enfants, dit Martin. Le doge a ses chagrins, les gondoliers ont les leurs. Il est vrai qu'à tout prendre le sort d'un gondolier est préférable à celui d'un doge; mais je crois la différence si médiocre que cela ne vaut pas la peine d'être examiné.

— On parle, dit Candide, du sénateur Pococuranté qui demeure dans ce beau palais sur la Brenta, et qui reçoit assez bien les étrangers. On prétend que c'est un homme qui n'a jamais eu de chagrin. — Je voudrais voir une espèce si rare», dit Martin. Candide aussitôt fit demander au seigneur Pococuranté la permission de venir le voir le lendemain.

Visite chez le Seigneur Pococuranté, noble vénitien

Candide et Martin allèrent en gondole sur la Brenta et arrivèrent au palais du noble Pococuranté. Les jardins étaient _ 2330
bien entendus[1], et ornés de belles statues de marbre ; le palais,
d'une belle architecture. Le maître du logis, homme de soixante
ans, fort riche, reçut très poliment les deux curieux, mais avec
très peu d'empressement, ce qui déconcerta Candide et ne déplut
point à Martin. _ 2335

D'abord deux filles jolies et proprement mises servirent du
chocolat qu'elles firent très bien mousser. Candide ne put s'empêcher de les louer sur leur beauté, sur leur bonne grâce et sur
leur adresse. « Ce sont d'assez bonnes créatures, dit le sénateur
Pococuranté ; je les fais quelquefois coucher dans mon lit, car je _ 2340
suis bien las des dames de la ville, de leurs coquetteries, de leurs
jalousies, de leurs querelles, de leurs humeurs, de leurs petitesses,
de leur orgueil, de leurs sottises, et des sonnets qu'il faut faire
ou commander pour elles ; mais, après tout, ces deux filles commencent fort à m'ennuyer. » _ 2345

Très bien conçus, conçus avec intelligence.

Candide, après le déjeuner, se promenant dans une longue galerie, fut surpris de la beauté des tableaux. Il demanda de quel maître étaient les deux premiers. « Ils sont de Raphaël, dit le sénateur ; je les achetai fort cher par vanité il y a quelques années ; 2350 on dit que c'est ce qu'il y a de plus beau en Italie, mais ils ne me plaisent point du tout : la couleur en est très rembrunie ; les figures ne sont pas assez arrondies, et ne sortent point assez ; les draperies ne ressemblent en rien à une étoffe ; en un mot, quoi qu'on en dise, je ne trouve point là une imitation vraie de la 2355 nature. Je n'aimerai un tableau que quand je croirai voir la nature elle-même : il n'y en a point de cette espèce. J'ai beaucoup de tableaux mais je ne les regarde plus. »

Pococuranté, en attendant le dîner, se fit donner un concerto. Candide trouva la musique délicieuse. « Ce bruit, dit Pococu-2360 ranté, peut amuser une demi-heure ; mais, s'il dure plus longtemps, il fatigue tout le monde, quoique personne n'ose l'avouer La musique aujourd'hui n'est plus que l'art d'exécuter des choses difficiles, et ce qui n'est que difficile ne plaît point à la longue.

« J'aimerais peut-être mieux l'opéra, si on n'avait pas trouvé le 2365 secret d'en faire un monstre qui me révolte. Ira voir qui voudra de mauvaises tragédies en musique, où les scènes ne sont faites que pour amener, très mal à propos, deux ou trois chansons ridicules qui font valoir le gosier d'une actrice ; se pâmera de plaisir qui voudra, ou qui pourra, en voyant un châtré fredonner le 2370 rôle de César et de Caton et se promener d'un air gauche sur des planches ; pour moi, il y a longtemps que j'ai renoncé à ces

pauvretés, qui font aujourd'hui la gloire de l'Italie, et que des souverains payent si chèrement.» Candide disputa un peu, mais avec discrétion. Martin fut entièrement de l'avis du sénateur.

On se mit à table, et après un excellent dîner, on entra dans la _ 2375 bibliothèque. Candide, en voyant un Homère[1] magnifiquement relié, loua l'illustrissime sur son bon goût. «Voilà, dit-il, un livre qui faisait les délices du grand Pangloss, le meilleur philosophe de l'Allemagne. — Il ne fait pas les miennes, dit froidement Pococuranté; on me fit accroire autrefois que j'avais du plaisir _ 2380 en le lisant; mais cette répétition continuelle de combats qui se ressemblent tous, ces dieux qui agissent toujours pour ne rien faire de décisif, cette Hélène qui est le sujet de la guerre, et qui à peine est une actrice de la pièce; cette Troie qu'on assiège et qu'on ne prend point, tout cela me causait le plus mortel ennui[2]. _ 2385 J'ai demandé quelquefois à des savants s'ils s'ennuyaient autant que moi à cette lecture. Tous les gens sincères m'ont avoué que le livre leur tombait des mains, mais qu'il fallait toujours l'avoir dans sa bibliothèque, comme un monument de l'antiquité, et comme ces médailles rouillées qui ne peuvent être de commerce. _ 2390

— Votre Excellence ne pense pas ainsi de Virgile? dit Candide.
— Je conviens, dit Pococuranté, que le second, le quatrième et le

Homère (VIIIᵉ siècle avant Jésus-Christ) est l'auteur de l'*Iliade* et de l'*Odyssée*. Virgile (70-19 avant Jésus-Christ) est l'auteur de l'*Énéide*. Le Tasse (1544-1595) est l'auteur de la *Jérusalem délivrée*. Toutes ces œuvres sont des épopées, issues de l'Antiquité grecque et latine pour les deux premières, de la Renaissance italienne pour la dernière. Les réflexions qui suivent sur la poésie épique peuvent être directement attribuées à Voltaire, qui développe des idées similaires dans son *Essai sur la poésie épique* en 1732. L'Arioste (1474-1533) est l'auteur du *Roland furieux (Orlando furioso)*, poème héroï-comique de la Renaissance italienne.
Tourment. Voir *Les mots ont une histoire*, p. 160.

sixième livre de son *Énéide* sont excellents ; mais pour son pieux Énée, et le fort Cloanthe, et l'ami Achates, et le petit Ascanius,
2395 _ et l'imbécile roi Latinus, et la bourgeoise Amata, et l'insipide Lavinia, je ne crois pas qu'il y ait rien de si froid et de plus désagréable. J'aime mieux le Tasse et les contes à dormir debout de l'Arioste.

— Oserais-je vous demander, monsieur, dit Candide, si vous
2400 _ n'avez pas un grand plaisir à lire Horace ? — Il y a des maximes, dit Pococuranté, dont un homme du monde peut faire son profit, et qui, étant resserrées dans des vers énergiques, se gravent plus aisément dans la mémoire. Mais je me soucie fort peu de son voyage à Brindes, et de sa description d'un mauvais dîner, et
2405 _ de la querelle des crocheteurs entre je ne sais quel Pupilus, dont les paroles, dit-il, *étaient pleines de pus*, et un autre dont les paroles *étaient du vinaigre*. Je n'ai lu qu'avec un extrême dégoût ses vers grossiers contre des vieilles et contre des sorcières ; et je ne vois pas quel mérite il peut y avoir à dire à son ami Mæcenas que, s'il
2410 _ est mis par lui au rang des poètes lyriques, il frappera les astres de son front sublime. Les sots admirent tout dans un auteur estimé. Je ne lis que pour moi ; je n'aime que ce qui est à mon usage. » Candide, qui avait été élevé à ne jamais juger de rien par lui même, était fort étonné de ce qu'il entendait ; et Martin trouvait
2415 _ la façon de penser de Pococuranté assez raisonnable.

« Oh ! voici un Cicéron[1], dit Candide ; pour ce grand homme-là

1. Cicéron (106-43 avant Jésus-Christ) est un homme politique et un philosophe romain.

je pense que vous ne vous lassez point de le lire? — Je ne le lis jamais, répondit le Vénitien. Que m'importe qu'il ait plaidé pour Rabirius ou pour Cluentius? J'ai bien assez des procès que je juge; je me serais mieux accommodé de ses œuvres philoso- _2420 phiques; mais, quand j'ai vu qu'il doutait de tout, j'ai conclu que j'en savais autant que lui, et que je n'avais besoin de personne pour être ignorant.

— Ah! voilà quatre-vingts volumes de recueils d'une académie des sciences, s'écria Martin; il se peut qu'il y ait là du bon. — Il _2425 y en aurait, dit Pococuranté, si un seul des auteurs de ces fatras avait inventé seulement l'art de faire des épingles; mais il n'y a dans tous ces livres que de vains systèmes et pas une seule chose utile.

— Que de pièces de théâtre je vois là! dit Candide; en italien, _2430 en espagnol, en français! — Oui, dit le sénateur, il y en a trois mille, et pas trois douzaines de bonnes. Pour ces recueils de sermons, qui tous ensemble ne valent pas une page de Sénèque[1], et tous ces gros volumes de théologie, vous pensez bien que je ne les ouvre jamais, ni moi ni personne.» _2435

Martin aperçut des rayons chargés de livres anglais. «Je crois, dit-il, qu'un républicain doit se plaire à la plupart de ces ouvrages, écrits si librement. — Oui, répondit Pococuranté, il est beau d'écrire ce qu'on pense; c'est le privilège de l'homme. Dans toute notre Italie, on n'écrit que ce qu'on ne pense pas; _2440

Sénèque (vers 4 avant Jésus-Christ-65 après Jésus-Christ) est un dramaturge et philosophe latin.

ceux qui habitent la patrie des Césars et des Antonins n'osent avoir une idée sans la permission d'un jacobin[1]. Je serais content de la liberté qui inspire les génies anglais si la passion et l'esprit de parti ne corrompaient pas tout ce que cette précieuse liberté
2445 _ a d'estimable. »

Candide, apercevant un Milton[2], lui demanda s'il ne regardait pas cet auteur comme un grand homme. « Qui ? dit Pococuranté, ce barbare qui fait un long commentaire du premier chapitre de la Genèse en dix livres de vers durs ? ce grossier imitateur
2450 _ des Grecs, qui défigure la création, et qui, tandis que Moïse représente l'Être éternel produisant le monde par la parole, fait prendre un grand compas par le Messiah[3] dans une armoire du ciel pour tracer son ouvrage ? Moi, j'estimerais celui qui a gâté l'enfer et le diable du Tasse ; qui déguise Lucifer tantôt en cra-
2455 _ paud, tantôt en pygmée ; qui lui fait rebattre cent fois les mêmes discours ; qui le fait disputer sur la théologie ; qui, en imitant sérieusement l'invention comique des armes à feu de l'Arioste fait tirer le canon dans le ciel par les diables ? Ni moi, ni personne en Italie, n'a pu se plaire à toutes ces tristes extravagances. Le
2460 _ mariage du péché et de la mort et les couleuvres dont le péché accouche font vomir tout homme qui a le goût un peu délicat et sa longue description d'un hôpital n'est bonne que pour un fossoyeur. Ce poème obscur, bizarre et dégoûtant, fut méprisé à

1. Religieux membre de l'ordre des Dominicains. Cet ordre participe à l'Inquisition.
2. John Milton (1608-1674) est un poète anglais.
3. Variante hébraïque (issue de l'hébreu) du messie.

sa naissance; je le traite aujourd'hui comme il fut traité dans sa patrie par les contemporains. Au reste, je dis ce que je pense, et je me soucie fort peu que les autres pensent comme moi.» Candide _ 2465
était affligé de ces discours; il respectait Homère, il aimait un peu Milton. «Hélas! dit-il tout bas à Martin, j'ai bien peur que cet homme-ci n'ait un souverain mépris pour nos poètes alle-mands. — Il n'y aurait pas grand mal à cela, dit Martin. — Oh, _ 2470
quel homme supérieur! disait encore Candide entre ses dents, quel grand génie que ce Pococuranté! rien ne peut lui plaire.»

Après avoir fait ainsi la revue de tous les livres, ils descendirent dans le jardin. Candide en loua toutes les beautés. «Je ne sais rien de si mauvais goût, dit le maître : nous n'avons ici que des _ 2475
colifichets[1]; mais je vais dès demain en faire planter un d'un dessin plus noble.»

Quand les deux curieux eurent pris congé de Son Excellence : «Or çà, dit Candide à Martin, vous conviendrez que voilà le plus heureux de tous les hommes, car il est au-dessus de tout ce qu'il _ 2480
possède. — Ne voyez-vous pas, dit Martin, qu'il est dégoûté de tout ce qu'il possède? Platon a dit, il y a longtemps, que les meil-leurs estomacs ne sont pas ceux qui rebutent tous les aliments. — Mais, dit Candide, n'y a-t-il pas du plaisir à tout critiquer, à sentir des défauts où les autres hommes croient voir des beautés? _ 2485
— C'est-à-dire, reprit Martin, qu'il y a du plaisir à n'avoir pas de plaisir? — Oh bien! dit Candide, il n'y a donc d'heureux que

[1]. Objets sans valeur, babioles.

moi, quand je reverrai Mlle Cunégonde. — C'est toujours bien fait d'espérer», dit Martin.

2490 — Cependant les jours, les semaines s'écoulaient ; Cacambo ne revenait point, et Candide était si abîmé dans sa douleur qu'il ne fit pas même réflexion que Paquette et frère Giroflée n'étaient pas venus seulement le remercier.

CHAPITRE 26

D'un souper que Candide et Martin firent avec six étrangers, et qui ils étaient

Un soir que Candide, suivi de Martin, allait se mettre à table avec les étrangers qui logeaient dans la même hôtellerie, _ 2495 un homme à visage couleur de suie l'aborda par-derrière, et, le prenant par le bras, lui dit : «Soyez prêt à partir avec nous, n'y manquez pas.» Il se retourne, et voit Cacambo. Il n'y avait que la vue de Cunégonde qui pût l'étonner et lui plaire davantage. Il fut sur le point de devenir fou de joie. Il embrasse son cher _ 2500 ami. «Cunégonde est ici, sans doute, où est-elle? Mène-moi vers elle, que je meure de joie avec elle. — Cunégonde n'est point ici, dit Cacambo, elle est à Constantinople. — Ah, Ciel! à Constantinople! mais, fût-elle à la Chine, j'y vole, partons. — Nous partirons après souper, reprit Cacambo, je ne peux vous en dire _ 2505 davantage; je suis esclave, mon maître m'attend; il faut que j'aille le servir à table : ne dites mot; soupez et tenez-vous prêt.»

Candide, partagé entre la joie et la douleur, charmé d'avoir revu son agent fidèle, étonné de le voir esclave, plein de l'idée de retrouver sa maîtresse, le cœur agité, l'esprit bouleversé, se mit à _ 2510 table avec Martin, qui voyait de sang-froid toutes ces aventures, et avec six étrangers qui étaient venus passer le carnaval à Venise.

Cacambo, qui versait à boire à l'un de ces six étrangers, s'approcha de l'oreille de son maître, sur la fin du repas, et lui dit : «Sire,
2515 _ Votre Majesté partira quand elle voudra, le vaisseau est prêt.»
Ayant dit ces mots, il sortit. Les convives, étonnés, se regardaient
sans proférer une seule parole, lorsqu'un autre domestique, s'approchant de son maître, lui dit : «Sire, la chaise de Votre Majesté
est à Padoue, et la barque est prête.» Le maître fit un signe, et le
2520 _ domestique partit. Tous les convives se regardèrent encore, et la
surprise commune redoubla. Un troisième valet, s'approchant
aussi d'un troisième étranger, lui dit : «Sire, croyez-moi, Votre
Majesté ne doit pas rester ici plus longtemps : je vais tout préparer»; et aussitôt il disparut.

2525 _ Candide et Martin ne doutèrent pas alors que ce ne fût une
mascarade du carnaval. Un quatrième domestique dit au quatrième maître : «Votre Majesté partira quand elle voudra», et
sortit comme les autres. Le cinquième valet en dit autant au
cinquième maître. Mais le sixième valet parla différemment au
2530 _ sixième étranger, qui était auprès de Candide; il lui dit : «Ma foi,
Sire, on ne veut plus faire crédit à Votre Majesté, ni à moi non
plus; et nous pourrions bien être coffrés cette nuit, vous et moi
je vais pourvoir à mes affaires; adieu.»

Tous les domestiques ayant disparu, les six étrangers, Candide
2535 _ et Martin demeurèrent dans un profond silence. Enfin Candide
le rompit. «Messieurs, dit-il, voilà une singulière plaisanterie
pourquoi êtes-vous tous rois? Pour moi, je vous avoue que ni
moi ni Martin nous ne le sommes.»

Le maître de Cacambo prit alors gravement la parole, et dit en italien : «Je ne suis point plaisant, je m'appelle Achmet III. J'ai _ 2540 été grand sultan plusieurs années ; je détrônai mon frère ; mon neveu m'a détrôné ; on a coupé le cou à mes vizirs ; j'achève ma vie dans le vieux sérail ; mon neveu le grand sultan Mahmoud ne permet de voyager quelquefois pour ma santé, et je suis venu passer le carnaval à Venise.» _ 2545

Un jeune homme qui était auprès d'Achmet parla après lui, et dit : «Je m'appelle Ivan ; j'ai été empereur de toutes les Russies ; j'ai été détrôné au berceau ; mon père et ma mère ont été enfermés ; on m'a élevé en prison ; j'ai quelquefois la permission de voyager, accompagné de ceux qui me gardent, et je suis venu _ 2550 passer le carnaval à Venise.»

Le troisième dit : «Je suis Charles-Édouard, roi d'Angleterre ; mon père m'a cédé ses droits au royaume ; j'ai combattu pour les soutenir ; on a arraché le cœur à huit cents de mes partisans, et on leur en a battu les joues. J'ai été mis en prison ; je vais à Rome _ 2555 faire une visite au roi mon père, détrôné ainsi que moi et mon grand-père, et je suis venu passer le carnaval à Venise.»

Le quatrième prit alors la parole et dit : «Je suis roi des Polaques ; le sort de la guerre m'a privé de mes États héréditaires ; mon père a éprouvé les mêmes revers ; je me résigne à la _ 2560 providence comme le sultan Achmet, l'empereur Ivan et le roi Charles-Édouard, à qui Dieu donne une longue vie, et je suis venu passer le carnaval à Venise.»

Le cinquième dit : «Je suis aussi roi des Polaques ; j'ai perdu

2565 mon royaume deux fois ; mais la Providence m'a donné un autre État, dans lequel j'ai fait plus de bien que tous les rois des Sarmates ensemble n'en ont jamais pu faire sur les bords de la Vistule ; je me résigne aussi à la Providence, et je suis venu passer le carnaval à Venise. »

2570 Il restait au sixième monarque à parler. « Messieurs, dit-il, je ne suis pas si grand seigneur que vous ; mais enfin j'ai été roi tout comme un autre. Je suis Théodore[1] ; on m'a élu roi en Corse ; on m'a appelé *Votre Majesté*, et à présent, à peine m'appelle-t-on *Monsieur*. J'ai fait frapper de la monnaie, et je ne possède pas un 2575 denier ; j'ai eu deux secrétaires d'État, et j'ai à peine un valet ; je me suis vu sur un trône, et j'ai longtemps été à Londres en prison, sur la paille. J'ai bien peur d'être traité de même ici, quoique je sois venu comme Vos Majestés passer le carnaval à Venise. »

Les cinq autres rois écoutèrent ce discours avec une noble com- 2580 passion. Chacun d'eux donna vingt sequins[2] au roi Théodore pour avoir des habits et des chemises ; et Candide lui fit présent d'un diamant de deux mille sequins. « Quel est donc, disaient les cinq rois, ce simple particulier qui est en état de donner cent fois autant que chacun de nous, et qui le donne ? »

1. Tous les « rois » évoqués ici sont réels et tous furent détrônés ou durent abandonner leur royaume au XVIIIᵉ siècle. Achmet III fut sultan de Turquie entre 1703 et 1730. « Ivan » désigne certainement Ivan VI, tsar de Russie de 1740 à 1741. Charles-Édouard essaya en vain de reprendre le trône d'Angleterre pendant la guerre entre l'Angleterre et la France. Les deux rois polonais sont Auguste III et Stanislas Leszczynski. Le premier fut roi de Pologne de 1733 à 1763 mais fut privé de son royaume pendant la guerre contre la Prusse. Le second fut roi de Pologne de 1704 à 1709, date à laquelle il dut abdiquer. Il est le père de Marie Leszczynska, épouse de Louis XV et reine de France. Théodore de Neuhoff fut proclamé roi des Corses en 1736 mais ne régna de manière effective que durant quelques mois sous le nom de Théodore Iᵉʳ. Emprisonné à Londres pour dettes, il mourut dans sa geôle en 1756.
2. Pièces d'or de Venise.

Dans l'instant qu'on sortait de table, il arriva dans la même _ 2585 hôtellerie quatre altesses sérénissimes qui avaient aussi perdu leurs États par le sort de la guerre, et qui venaient passer le reste du carnaval à Venise. Mais Candide ne prit pas seulement garde à ces nouveaux venus. Il n'était occupé que d'aller trouver sa chère Cunégonde à Constantinople. _ 2590

CHAPITRE 27
Voyage de Candide à Constantinople

Le fidèle Cacambo avait déjà obtenu du patron turc qui allait reconduire le sultan Achmet à Constantinople qu'il recevrait Candide et Martin sur son bord. L'un et l'autre s'y rendirent après s'être prosternés devant Sa misérable Hautesse. Candide, chemin faisant, disait à Martin : « Voilà pourtant six rois détrônés, avec qui nous avons soupé, et encore dans ces six rois il y en a un à qui j'ai fait l'aumône. Peut-être y a-t-il beaucoup d'autres princes plus infortunés. Pour moi, je n'ai perdu que cent moutons, et je vole dans les bras de Cunégonde. Mon cher Martin, encore une fois Pangloss avait raison : tout est bien. — Je le souhaite, dit Martin. — Mais, dit Candide, voilà une aventure bien peu vraisemblable que nous avons eue à Venise. On n'avait jamais vu ni ouï conter que six rois détrônés soupassent ensemble au cabaret. — Cela n'est pas plus extraordinaire, dit Martin, que la plupart des choses qui nous sont arrivées. Il est très commun que des rois soient détrônés ; et à l'égard de l'honneur que nous avons eu de souper avec eux, c'est une bagatelle qui ne mérite pas notre attention. »

À peine Candide fut-il dans le vaisseau qu'il sauta au cou de son ancien valet, de son ami Cacambo. « Eh bien ! lui dit-il

que fait Cunégonde? Est-elle toujours un prodige de beauté? _ 2610
M'aime-t-elle toujours? Comment se porte-t-elle? Tu lui as sans
doute acheté un palais à Constantinople?

— Mon cher maître, répondit Cacambo, Cunégonde lave
les écuelles sur le bord de la Propontide[1], chez un prince qui a
très peu d'écuelles; elle est esclave dans la maison d'un ancien _ 2615
souverain nommé Ragotski[2], à qui le Grand Turc donne trois
écus par jour dans son asile; mais ce qui est bien plus triste,
c'est qu'elle a perdu sa beauté et qu'elle est devenue horrible-
ment laide. — Ah! belle ou laide, dit Candide, je suis honnête
homme, et mon devoir est de l'aimer toujours. Mais comment _ 2620
peut-elle être réduite à un état si abject avec les cinq ou six mil-
lions que tu avais apportés? — Bon, dit Cacambo, ne m'en a-t-il
pas fallu donner deux millions au senor don Fernando d'Ibaraa,
y Figueora, y Mascarenes, y Lampourdos, y Souza, gouverneur
de Buenos-Ayres, pour avoir la permission de reprendre made- _ 2625
moiselle Cunégonde? Et un pirate ne nous a-t-il pas bravement
dépouillés de tout le reste? Ce pirate ne nous a-t-il pas menés au
cap de Matapan, à Milo, à Nicarie, à Samos, à Petra, aux Darda-
nelles, à Marmara, à Scutari? Cunégonde et la vieille servent chez
ce prince dont je vous ai parlé, et moi je suis esclave du sultan _ 2630
détrôné. — Que d'épouvantables calamités enchaînées les unes
aux autres! dit Candide. Mais, après tout, j'ai encore quelques

1. La Propontide est l'actuelle mer de Marmara en Turquie.
2. Prince hongrois (1676-1735) qui se souleva contre les Autrichiens et dut se retirer en Turquie après
sa défaite.

diamants; je délivrerai aisément Cunégonde. C'est bien dommage qu'elle soit devenue si laide.»

2635 _ Ensuite, se tournant vers Martin : «Qui pensez-vous, dit-il, qui soit le plus à plaindre, de l'empereur Achmet, de l'empereur Ivan, du roi Charles-Édouard, ou de moi? — Je n'en sais rien, dit Martin; il faudrait que je fusse dans vos cœurs pour le savoir. — Ah! dit Candide, si Pangloss était ici, il le saurait et nous l'ap-

2640 _ prendrait. — Je ne sais, dit Martin, avec quelles balances votre Pangloss aurait pu peser les infortunes des hommes et apprécier leurs douleurs. Tout ce que je présume, c'est qu'il y a des millions d'hommes sur la terre cent fois plus à plaindre que le roi Charles-Édouard, l'empereur Ivan et le sultan Achmet. — Cela pourrait

2645 _ bien être», dit Candide.

On arriva en peu de jours sur le canal de la mer Noire. Candide commença par racheter Cacambo fort cher, et, sans perdre de temps, il se jeta dans une galère, avec ses compagnons, pour aller sur le rivage de la Propontide chercher Cunégonde, quelque

2650 _ laide qu'elle pût être.

Il y avait dans la chiourme[1] deux forçats qui ramaient fort mal, et à qui le levanti[2] patron appliquait de temps en temps quelques coups de nerf de bœuf sur leurs épaules nues; Candide, par un mouvement naturel, les regarda plus attentivement que les autres

2655 _ galériens et s'approcha d'eux avec pitié. Quelques traits de leurs visages défigurés lui parurent avoir un peu de ressemblance

1. L'ensemble des rameurs sur une galère.
2. Originaire du Levant, c'est-à-dire du Proche et du Moyen-Orient (par rapport à la France).

avec Pangloss et avec ce malheureux jésuite, ce baron, ce frère
de Mlle Cunégonde. Cette idée l'émut et l'attrista. Il les consi-
déra encore plus attentivement. «En vérité, dit-il à Cacambo, si
je n'avais pas vu pendre maître Pangloss, et si je n'avais pas eu le ⏤ 2660
malheur de tuer le baron, je croirais que ce sont eux qui rament
dans cette galère.»

Au nom du baron et de Pangloss les deux forçats poussèrent
un grand cri, s'arrêtèrent sur leur banc et laissèrent tomber leurs
rames. Le levanti patron accourait sur eux, et les coups de nerf de ⏤ 2665
bœuf redoublaient. «Arrêtez, arrêtez, Seigneur, s'écria Candide,
je vous donnerai tant d'argent que vous voudrez. — Quoi! c'est
Candide! disait l'un des forçats. — Quoi! c'est Candide! disait
l'autre. — Est-ce un songe? dit Candide; veillé-je? suis-je dans
cette galère? Est-ce là monsieur le baron que j'ai tué? Est-ce là ⏤ 2670
maître Pangloss que j'ai vu pendre?

— C'est nous-mêmes, c'est nous-mêmes, répondaient-ils.
— Quoi! c'est là ce grand philosophe? disait Martin.

— Eh! Monsieur le levanti patron, dit Candide, combien vou-
lez-vous d'argent pour la rançon de M. de Thunder-ten-tronckh, ⏤ 2675
un des premiers barons de l'Empire, et de M. Pangloss, le plus
profond métaphysicien d'Allemagne? — Chien de chrétien,
répondit le levanti patron, puisque ces deux chiens de forçats
chrétiens sont des barons et des métaphysiciens, ce qui est sans
doute une grande dignité dans leurs pays, tu m'en donneras ⏤ 2680
cinquante mille sequins. — Vous les aurez, monsieur, rame-
nez-moi comme un éclair à Constantinople, et vous serez payé

sur-le-champ. Mais non, menez-moi chez Mlle Cunégonde.» Le levanti patron, sur la première offre de Candide, avait déjà tourné la proue vers la ville, et il faisait ramer plus vite qu'un oiseau ne fend les airs.

Candide embrassa cent fois le baron et Pangloss. «Et comment ne vous ai-je pas tué, mon cher baron? et mon cher Pangloss, comment êtes-vous en vie après avoir été pendu? et pourquoi êtes-vous tous deux aux galères en Turquie? — Est-il bien vrai que ma chère sœur soit dans ce pays? disait le baron. — Oui, répondait Cacambo. — Je revois donc mon cher Candide», s'écriait Pangloss. Candide leur présentait Martin et Cacambo. Ils s'embrassaient tous, ils parlaient tous à la fois. La galère volait, ils étaient déjà dans le port. On fit venir un Juif, à qui Candide vendit pour cinquante mille sequins un diamant de la valeur de cent mille, et qui lui jura par Abraham qu'il n'en pouvait donner davantage. Il paya incontinent la rançon du baron et de Pangloss. Celui-ci se jeta aux pieds de son libérateur et les baigna de larmes ; l'autre le remercia par un signe de tête, et lui promit de lui rendre cet argent à la première occasion. «Mais est-il bien possible que ma sœur soit en Turquie? disait-il. — Rien n'est si possible, reprit Cacambo, puisqu'elle écure la vaisselle chez un prince de Transylvanie.» On fit aussitôt venir deux Juifs ; Candide vendit encore des diamants ; et ils repartirent tous dans une autre galère pour aller délivrer Cunégonde.

CHAPITRE 28

Ce qui arriva à Candide, à Cunégonde, à Pangloss, à Martin, etc.

« Pardon, encore une fois, dit Candide au baron ; pardon, mon Révérend Père, de vous avoir donné un grand coup d'épée au travers du corps. — N'en parlons plus, dit le baron ; je fus un peu trop vif, je l'avoue ; mais, puisque vous voulez savoir _ 2710 par quel hasard vous m'avez vu aux galères, je vous dirai qu'après avoir été guéri de ma blessure par le frère apothicaire du collège, je fus attaqué et enlevé par un parti espagnol ; on me mit en prison à Buenos-Ayres dans le temps que ma sœur venait d'en partir. Je demandai à retourner à Rome auprès du père général. Je fus _ 2715 nommé pour aller servir d'aumônier à Constantinople auprès de M. l'ambassadeur de France. Il n'y avait pas huit jours que j'étais entré en fonctions, quand je trouvai sur le soir un jeune icoglan[1] très bien fait. Il faisait fort chaud : le jeune homme voulut se baigner ; je pris cette occasion de me baigner aussi. Je ne savais pas _ 2720 que ce fût un crime capital pour un chrétien d'être trouvé tout nu avec un jeune musulman. Un cadi[2] me fit donner cent coups de bâton sous la plante des pieds et me condamna aux galères.

1. Jeune homme au service du palais du sultan.
2. Juge musulman.

Je ne crois pas qu'on ait fait une plus horrible injustice. Mais je
2725 _ voudrais bien savoir pourquoi ma sœur est dans la cuisine d'un
souverain de Transylvanie réfugié chez les Turcs.

— Mais vous, mon cher Pangloss, dit Candide, comment se
peut-il que je vous revoie ? — Il est vrai, dit Pangloss, que vous
m'avez vu pendre ; je devais naturellement être brûlé ; mais vous
2730 _ vous souvenez qu'il plut à verse lorsqu'on allait me cuire : l'orage
fut si violent qu'on désespéra d'allumer le feu ; je fus pendu
parce qu'on ne put mieux faire : un chirurgien acheta mon
corps, m'emporta chez lui, et me disséqua. Il me fit d'abord une
incision cruciale[1] depuis le nombril jusqu'à la clavicule. On ne
2735 _ pouvait pas avoir été plus mal pendu que je l'avais été. L'exé-
cuteur des hautes œuvres de la sainte Inquisition, lequel était
sous-diacre, brûlait à la vérité les gens à merveille, mais il n'était
pas accoutumé à pendre : la corde était mouillée et glissa mal,
elle fut nouée ; enfin je respirais encore : l'incision cruciale me fit
2740 _ jeter un si grand cri que mon chirurgien tomba à la renverse, et
croyant qu'il disséquait le diable, il s'enfuit en mourant de peur,
et tomba encore sur l'escalier en fuyant. Sa femme accourut au
bruit, d'un cabinet voisin ; elle me vit sur la table étendu avec
mon incision cruciale : elle eut encore plus de peur que son
2745 _ mari, s'enfuit et tomba sur lui. Quand ils furent un peu revenus
à eux, j'entendis la chirurgienne qui disait au chirurgien : "Mon
bon, de quoi vous avisez-vous aussi de disséquer un hérétique ?

1. En forme de croix.

Ne savez-vous pas que le diable est toujours dans le corps de ces gens-là ? Je vais vite chercher un prêtre pour l'exorciser." Je frémis à ce propos, et je ramassai le peu de forces qui me restaient, pour — 2750 crier : "Ayez pitié de moi !" Enfin le barbier portugais s'enhardit ; il recousit ma peau ; sa femme même eut soin de moi ; je fus sur pied au bout de quinze jours. Le barbier me trouva une condition, et me fit laquais d'un chevalier de Malte qui allait à Venise ; mais mon maître n'ayant pas de quoi me payer, je me mis au — 2755 service d'un marchand vénitien, et je le suivis à Constantinople.

« Un jour il me prit fantaisie d'entrer dans une mosquée ; il n'y avait qu'un vieil iman et une jeune dévote très jolie qui disait ses patenôtres[1] ; sa gorge était toute découverte : elle avait entre ses deux tétons un beau bouquet de tulipes, de roses, d'anémones, de — 2760 renoncules, d'hyacinthes et d'oreilles-d'ours ; elle laissa tomber son bouquet ; je le ramassai, et je le lui remis avec un empressement très respectueux. Je fus si longtemps à le lui remettre que l'iman se mit en colère, et voyant que j'étais chrétien, il cria à l'aide. On me mena chez le cadi, qui me fit donner cent coups — 2765 de lattes sur la plante des pieds et m'envoya aux galères. Je fus enchaîné précisément dans la même galère et au même banc que monsieur le baron. Il y avait dans cette galère quatre jeunes gens de Marseille, cinq prêtres napolitains, et deux moines de Corfou, qui nous dirent que de pareilles aventures arrivaient — 2770 tous les jours. Monsieur le baron prétendait qu'il avait essuyé

1. Prières (du latin *Pater Noster*, début du « Notre-Père » chrétien).

une plus grande injustice que moi ; je prétendais, moi, qu'il était beaucoup plus permis de remettre un bouquet sur la gorge d'une femme que d'être tout nu avec un icoglan. Nous disputions sans cesse, et nous recevions vingt coups de nerf de bœuf par jour, lorsque l'enchaînement des événements de cet univers vous a conduit dans notre galère, et que vous nous avez rachetés.

— Eh bien ! mon cher Pangloss, lui dit Candide, quand vous avez été pendu, disséqué, roué de coups, et que vous avez ramé aux galères, avez-vous toujours pensé que tout allait le mieux du monde ? — Je suis toujours de mon premier sentiment, répondit Pangloss, car enfin je suis philosophe : il ne me convient pas de me dédire, Leibnitz ne pouvant pas avoir tort, et l'harmonie préétablie étant d'ailleurs la plus belle chose du monde, aussi bien que le plein et la matière subtile[1]. »

1. « L'harmonie préétablie » renvoie aux conceptions de Leibniz. « Le plein et la matière subtile » renvoient aux théories de Descartes selon qui le vide n'existe pas dans la nature. La « matière subtile » est la matière impossible à toucher dans laquelle baigne la terre.

CHAPITRE 29

Comment Candide
retrouva Cunégonde
et la vieille

Pendant que Candide, le baron, Pangloss, Martin et Cacambo contaient leurs aventures, qu'ils raisonnaient sur les événements contingents ou non contingents[1] de cet univers, qu'ils disputaient sur les effets et les causes, sur le mal moral et sur le mal physique, sur la liberté et la nécessité, sur les consolations que l'on peut éprouver lorsqu'on est aux galères en Turquie, ils abordèrent sur le rivage de la Propontide à la maison du prince de Transylvanie. Les premiers objets qui se présentèrent furent Cunégonde et la vieille, qui étendaient des serviettes sur des ficelles pour les faire sécher. _ 2790

_ 2795

Le baron pâlit à cette vue. Le tendre amant Candide, en voyant sa belle Cunégonde rembrunie, les yeux éraillés, la gorge sèche, les joues ridées, les bras rouges et écaillés, recula trois pas saisi d'horreur, et avança ensuite par bon procédé. Elle embrassa Candide et son frère ; on embrassa la vieille : Candide les racheta _ 2800 toutes deux.

Il y avait une petite métairie[2] dans le voisinage : la vieille

1. Qui relève du hasard.
2. Une ferme.

proposa à Candide de s'en accommoder, en attendant que toute la troupe eût une meilleure destinée. Cunégonde ne savait pas
2805 _ qu'elle était enlaidie, personne ne l'en avait avertie : elle fit souvenir Candide de ses promesses avec un ton si absolu que le bon Candide n'osa pas la refuser. Il signifia donc au baron qu'il allait se marier avec sa sœur. «Je ne souffrirai jamais, dit le baron, une telle bassesse de sa part et une telle insolence de la vôtre ; cette
2810 _ infamie ne me sera jamais reprochée : les enfants de ma sœur ne pourraient entrer dans les chapitres[1] d'Allemagne. Non, jamais ma sœur n'épousera qu'un baron de l'Empire.» Cunégonde se jeta à ses pieds et les baigna de larmes ; il fut inflexible. «Maître fou, lui dit Candide, je t'ai réchappé des galères, j'ai payé ta ran-
2815 _ çon, j'ai payé celle de ta sœur ; elle lavait ici des écuelles, elle est laide, j'ai la bonté d'en faire ma femme, et tu prétends encore t'y opposer ! Je te retuerais si j'en croyais ma colère. — Tu peux me tuer encore, dit le baron, mais tu n'épouseras pas ma sœur de mon vivant.»

1. « Les chapitres » sont des assemblées religieuses réservées aux personnages de haut rang. Une mésalliance de Cunégonde empêcherait ses enfants de faire valoir leurs titres.

CHAPITRE 30

Conclusion

Candide, dans le fond de son cœur, n'avait aucune envie _2820 d'épouser Cunégonde. Mais l'impertinence extrême du baron le déterminait à conclure le mariage, et Cunégonde le pressait si vivement qu'il ne pouvait s'en dédire. Il consulta Pangloss, Martin et le fidèle Cacambo. Pangloss fit un beau mémoire par lequel il prouvait que le baron n'avait nul droit sur sa sœur, _2825 et qu'elle pouvait, selon toutes les lois de l'Empire, épouser Candide de la main gauche[1]. Martin conclut à jeter le baron dans la mer. Cacambo décida qu'il fallait le rendre au levanti patron et le remettre aux galères; après quoi on l'enverrait à Rome au père général par le premier vaisseau. L'avis fut trouvé fort bon; la _2830 vieille l'approuva; on n'en dit rien à sa sœur; la chose fut exécutée pour quelque argent, et on eut le plaisir d'attraper un jésuite et de punir l'orgueil d'un baron allemand.

Il était tout naturel d'imaginer qu'après tant de désastres, Candide, marié avec sa maîtresse et vivant avec le philosophe Pan- _2835 gloss, le philosophe Martin, le prudent Cacambo et la vieille,

1. Cérémonie de mariage au cours de laquelle le marié donne à son épouse la main gauche et non la droite. Cela signifie qu'il n'engage ni ses titres de noblesse ni ses possessions.

ayant d'ailleurs rapporté tant de diamants de la patrie des anciens Incas, mènerait la vie du monde la plus agréable ; mais il fut tant

2840 _ friponné par les Juifs qu'il ne lui resta plus rien que sa petite métairie ; sa femme, devenant tous les jours plus laide, devint acariâtre[1] et insupportable ; la vieille était infirme et fut encore de plus mauvaise humeur que Cunégonde. Cacambo, qui travaillait au jardin, et qui allait vendre des légumes à Constantinople,

2845 _ était excédé de travail et maudissait sa destinée. Pangloss était au désespoir de ne pas briller dans quelque université d'Allemagne. Pour Martin, il était fermement persuadé qu'on est également mal partout ; il prenait les choses en patience. Candide, Martin et Pangloss disputaient quelquefois de métaphysique et de

2850 _ morale. On voyait souvent passer sous les fenêtres de la métairie des bateaux chargés d'effendis, de bachas, de cadis[2], qu'on envoyait en exil à Lemnos, à Mitylène, à Erzeroum. On voyait venir d'autres cadis, d'autres bachas, d'autres effendis, qui prenaient la place des expulsés et qui étaient expulsés à leur tour. On

2855 _ voyait des têtes proprement empaillées qu'on allait présenter à la Sublime Porte. Ces spectacles faisaient redoubler les dissertations ; et quand on ne disputait pas, l'ennui était si excessif que la vieille osa un jour leur dire : « Je voudrais savoir lequel est le pire, ou d'être violée cent fois par des pirates nègres, d'avoir une

2860 _ fesse coupée, de passer par les baguettes chez les Bulgares, d'être fouetté et pendu dans un auto-da-fé, d'être disséqué, de ramer

1. De mauvaise humeur, irritable.
2. « Effendis », « bachas », « cadis » sont des noms désignant des personnages haut placés dans l'Empire ottoman.

en galère, d'éprouver enfin toutes les misères par lesquelles nous avons tous passé, ou bien de rester ici à ne rien faire ? — C'est une grande question », dit Candide.

Ce discours fit naître de nouvelles réflexions, et Martin surtout _ 2865 conclut que l'homme était né pour vivre dans les convulsions de l'inquiétude, ou dans la léthargie de l'ennui. Candide n'en convenait pas, mais il n'assurait rien. Pangloss avouait qu'il avait toujours horriblement souffert ; mais ayant soutenu une fois que tout allait à merveille, il le soutenait toujours, et n'en croyait rien. _ 2870

Une chose acheva de confirmer Martin dans ses détestables principes, de faire hésiter plus que jamais Candide, et d'embarrasser Pangloss. C'est qu'ils virent un jour aborder dans leur métairie Paquette et le frère Giroflée, qui étaient dans la plus extrême misère ; ils avaient bien vite mangé leurs trois mille _ 2875 piastres, s'étaient quittés, s'étaient raccommodés, s'étaient brouillés, avaient été mis en prison, s'étaient enfuis, et enfin frère Giroflée s'était fait turc. Paquette continuait son métier partout, et n'y gagnait plus rien. « Je l'avais bien prévu, dit Martin à Candide, que vos présents seraient bientôt dissipés et ne les rendraient que _ 2880 plus misérables. Vous avez regorgé de millions de piastres, vous et Cacambo, et vous n'êtes pas plus heureux que frère Giroflée et Paquette. — Ah, ah ! dit Pangloss à Paquette, le ciel vous ramène donc ici parmi nous, ma pauvre enfant ! Savez-vous bien que vous m'avez coûté le bout du nez, un œil et une oreille ? Comme _ 2885 vous voilà faite ! Et qu'est-ce que ce monde ! » Cette nouvelle aventure les engagea à philosopher plus que jamais.

Il y avait dans le voisinage un derviche[1] très fameux, qui passait pour le meilleur philosophe de la Turquie ; ils allèrent le consul-
2890 ter ; Pangloss porta la parole, et lui dit : « Maître, nous venons vous prier de nous dire pourquoi un aussi étrange animal que l'homme a été formé.

— De quoi te mêles-tu ? dit le derviche, est-ce là ton affaire ? — Mais, mon Révérend Père, dit Candide, il y a horriblement
2895 de mal sur la terre. — Qu'importe, dit le derviche, qu'il y ait du mal ou du bien ? Quand Sa Hautesse envoie un vaisseau en Égypte, s'embarrasse-t-elle si les souris qui sont dans le vaisseau sont à leur aise ou non ? — Que faut-il donc faire ? dit Pangloss. — Te taire, dit le derviche. — Je me flattais, dit Pangloss, de
2900 raisonner un peu avec vous des effets et des causes, du meilleur des mondes possibles, de l'origine du mal, de la nature de l'âme et de l'harmonie préétablie. » Le derviche, à ces mots, leur ferma la porte au nez.

Pendant cette conversation, la nouvelle s'était répandue qu'on
2905 venait d'étrangler à Constantinople deux vizirs du banc et le muphti, et qu'on avait empalé plusieurs de leurs amis. Cette catastrophe faisait partout un grand bruit pendant quelques heures. Pangloss, Candide et Martin, en retournant à la petite métairie, rencontrèrent un bon vieillard qui prenait le frais à
2910 sa porte sous un berceau d'orangers. Pangloss, qui était aussi curieux que raisonneur, lui demanda comment se nommait le

1. Religieux musulman incarnant la sagesse.

muphti qu'on venait d'étrangler. «Je n'en sais rien, répondit le bonhomme, et je n'ai jamais su le nom d'aucun muphti ni d'aucun vizir. J'ignore absolument l'aventure dont vous me parlez; je présume qu'en général ceux qui se mêlent des affaires publiques _ 2915 périssent quelquefois misérablement, et qu'ils le méritent; mais je ne m'informe jamais de ce qu'on fait à Constantinople; je me contente d'y envoyer vendre les fruits du jardin que je cultive.» Ayant dit ces mots, il fit entrer les étrangers dans sa maison : ses deux filles et ses deux fils leur présentèrent plusieurs sortes de _ 2920 sorbets qu'ils faisaient eux-mêmes, du kaïmac[1] piqué d'écorces de cédrat confit, des oranges, des citrons, des limons, des ananas, des pistaches, du café de Moka qui n'était point mêlé avec le mauvais café de Batavia et des îles. Après quoi les deux filles de ce bon musulman parfumèrent les barbes de Candide, de Pangloss et _ 2925 de Martin.

«Vous devez avoir, dit Candide au Turc, une vaste et magnifique terre? — Je n'ai que vingt arpents[2], répondit le Turc; je les cultive avec mes enfants; le travail éloigne de nous trois grands maux : l'ennui, le vice, et le besoin.»
_ 2930
Candide, en retournant dans sa métairie, fit de profondes réflexions sur le discours du Turc. Il dit à Pangloss et à Martin : «Ce bon vieillard me paraît s'être fait un sort bien préférable à celui des six rois avec qui nous avons eu l'honneur de souper. — Les grandeurs, dit Pangloss, sont fort dangereuses, selon le _ 2935

1. Le « kaïmac » est une spécialité turque préparée à partir de lait caillé.
2. Environ sept hectares. Ce n'est pas une grande propriété.

rapport de tous les philosophes : car enfin Églon, roi des Moabites, fut assassiné par Aod ; Absalon fut pendu par les cheveux et percé de trois dards ; le roi Nadab, fils de Jéroboam, fut tué par Baaza ; le roi Éla, par Zambri ; Ochosias, par Jéhu ; Athalia, par
2940 _ Joïada ; les rois Joachim, Jéchonias, Sédécias, furent esclaves. Vous savez comment périrent Crésus, Astyage, Darius, Denys de Syracuse, Pyrrhus, Persée, Annibal, Jugurtha, Arioviste, César, Pompée, Néron, Othon, Vitellius, Domitien, Richard II d'Angleterre, Édouard II, Henri VI, Richard III, Marie Stuart, Charles Ier, les
2945 _ trois Henri de France, l'empereur Henri IV[1] ? Vous savez... — Je sais aussi, dit Candide, qu'il faut cultiver notre jardin. — Vous avez raison, dit Pangloss : car, quand l'homme fut mis dans le jardin d'Éden, il y fut mis *ut operaretur eum*[2], pour qu'il travaillât, ce qui prouve que l'homme n'est pas né pour le repos. — Travail-
2950 _ lons sans raisonner, dit Martin ; c'est le seul moyen de rendre la vie supportable. »

Toute la petite société entra dans ce louable dessein ; chacun se mit à exercer ses talents. La petite terre rapporta beaucoup. Cunégonde était à la vérité bien laide ; mais elle devint une excellente
2955 _ pâtissière ; Paquette broda ; la vieille eut soin du linge. Il n'y eut pas jusqu'à frère Giroflée qui ne rendît service ; il fut un très bon menuisier, et même devint honnête homme ; et Pangloss disait quelquefois à Candide : « Tous les événements sont enchaînés dans le meilleur des mondes possibles ; car enfin, si vous n'aviez

1. Cette énumération mêle des noms tirés de la Bible, de l'histoire antique et de l'histoire moderne.
2. Littéralement « pour y travailler ». Cette citation provient de la Bible (Genèse).

pas été chassé d'un beau château à grands coups de pied dans le _ 2960
derrière pour l'amour de Mlle Cunégonde, si vous n'aviez pas été
mis à l'Inquisition, si vous n'aviez pas couru l'Amérique à pied,
si vous n'aviez pas donné un bon coup d'épée au baron, si vous
n'aviez pas perdu tous vos moutons du bon pays d'Eldorado,
vous ne mangeriez pas ici des cédrats confits et des pistaches. _ 2965
— Cela est bien dit, répondit Candide, mais il faut cultiver notre
jardin.»

JE DÉCOUVRE

PAGE
148

NOUS AVONS
LA PAROLE

PAGE
204

J'ANALYSE

PAGE
172

LE DOSSIER

PROLONGE-
MENTS

PAGE
212

Les personnages de *Candide*

CANDIDE

Ses alliés

Ses ennemis

LES PHILOSOPHES

PANGLOSS

MARTIN

LES SOLDATS

LES RELIGIEUX

CUNÉGONDE

LES BULGARES

LE PRÊTRE HOLLANDA/ L'INQUISITION, LE GRAND INQUISITE DON ISSACAR

LES AMIS FIDÈLES

CACAMBO

LA VIEILLE

LES « POLICIERS »

LES SAUVAGES

L'ALCADE, LES ALGUAZILS, LE BARIGEL

LES OREILLONS

LES MALHEUREUX

FRÈRE GIROFLÉE

PAQUETTE

LES ENNEMIS RÉCURRENTS

LES ESCROCS

LE JEUNE BARON DE THUNDER-TEN- TRONKH

M. VANDERDENDU/ L'ABBÉ PÉRIGOURD/ LA MARQUISE DE PAROLIGNAC

Le voyage des personnages

Voltaire raconté par Frédéric II

La première fois que j'écrivis à Voltaire, ce fut pour lui dire mon admiration pour *La Henriade*, sa grande œuvre épique de 1728. C'était en 1736, je n'étais pas encore roi de Prusse, lui était déjà un auteur à la fois acclamé et détesté. **Très jeune, m'a-t-on rapporté, il sut se faire un nom dans la littérature** : en 1716, à tout juste vingt-deux ans, il découvrit du même coup la Bastille et l'exil pour ses vers satiriques contre le Régent ! Dès 1726, il fut à nouveau obligé de quitter Paris : bastonné par le chevalier de Rohan à la suite d'une altercation, Voltaire voulut se venger et prit des cours d'escrime pour pouvoir le provoquer en duel. Rohan l'apprit et le fit emprisonner. Libéré par ses puissants amis de la Cour, Voltaire quitta la France pour l'Angleterre : à son retour, la situation était calmée.

Lorsqu'il vint me rejoindre, il avait déjà écrit des tragédies, des comédies, des récits historiques, des contes… Protégé par la Cour, historiographe du roi depuis 1745, sa carrière semblait assurée. Néanmoins, ce fut un homme profondément attristé qui vint en 1750 à la Cour de Prusse à Berlin. Mme du Châtelet, amie, maîtresse et scientifique respectée par Voltaire, venait de mourir en couches. Au même moment, son *Oreste* fut un violent échec à la Comédie-Française. Mais notre cohabitation devint difficile : un infâme pamphlet publié contre le directeur de l'Académie royale des sciences de Berlin m'obligea à prendre position contre lui. Voltaire demanda à quitter ma Cour en 1752.

J'appris quelque temps plus tard qu'il s'était établi avec sa maîtresse, Mme Denis, près de Genève, aux « Délices ». **Il commença alors à collaborer avec d'Alembert et Diderot, dont il était déjà proche, pour l'*Encyclopédie***. Il poursuivit alors son immense travail d'écriture avec des ouvrages tels que l'*Essai sur les mœurs* publié en 1756, soit trois ans avant *Candide*.

Après notre brouille, quelques courriers suffirent à nous réconcilier. Il m'apprit en 1759 qu'il quittait Genève pour s'installer à la frontière franco-suisse dans le domaine de Ferney. Face au refus de Genève d'installer un théâtre, refus fermement appuyé par Rousseau, opposé aux encyclopédistes, Voltaire fit construire son propre théâtre sur sa propriété. Je ne me rendis jamais là-bas mais j'ai su par l'Europe entière que Ferney était devenu un centre intellectuel incontournable. **Entre 1762 et 1765, Voltaire s'engagea dans le procès pour la réhabilitation de Jean Calas, condamné à mort.** Calas, protestant, était accusé à tort d'avoir tué son fils pour l'empêcher de se convertir au catholicisme. Cette affaire lui inspira d'ailleurs son *Traité sur la tolérance*, publié en 1763. En 1767, le conte de *L'Ingénu* reprend aussi la question religieuse.

Après son départ pour la Prusse, Voltaire resta éloigné de Paris pendant près de trente ans. Je crois devoir vous raconter son retour triomphal qu'il fit bien peu de temps avant sa mort. Âgé et malade, il demanda à revenir à Paris, qui lui était interdit. Il y reparut sous les acclamations du peuple et face au public nombreux de la Comédie-Française où il fit jouer sa tragédie *Irène*. Il mourut en mai dernier dans cette ville qu'il avait quittée il y a si longtemps.

Je ne sais ce que la postérité retiendra de lui, mais il y a fort à parier qu'il ne sera pas oublié : **homme des Lumières, du combat et fervent défenseur de la justice**, il laissera un grand héritage.

De Berlin, novembre 1778

Le vrai/faux

- *Voltaire était extrêmement célèbre de son vivant.*
- *Voltaire s'est fait connaître grâce à ses contes philosophiques.*
- *Il prit position contre Jean Calas.*

Retour dans le passé : le lecteur contemporain de *Candide*

Imprimé à Genève, *Candide ou l'Optimisme* paraît à Paris, Amsterdam et Genève en **février 1759**. L'œuvre est **anonyme**, elle porte comme seule indication : « *Traduit de l'allemand de M. le docteur Ralph,* avec les additions qu'on a trouvées dans la poche du docteur, lorsqu'il mourut à Minden, l'an de grâce 1759. » Toutefois, s'il ne signe pas son texte, le lecteur européen que je suis reconnaît aisément Voltaire : âgé de soixante-cinq ans, il est déjà extrêmement célèbre en 1759 et j'ai lu quelques années plus tôt un autre conte dans le même style, *Zadig ou la destinée*. L'auteur dément pourtant farouchement et traite son propre texte de « **coïonnerie** », c'est-à-dire d'œuvre légère et peu sérieuse !

S'agit-il seulement **d'éviter la censure** ou le grand auteur cherche-t-il aussi à protéger son image d'écrivain noble, surtout admiré pour ses **tragédies** ? Quoi qu'il en soit, le **succès est très rapide** : on estime que vingt à trente mille exemplaires de l'œuvre ont été imprimés dès la première année. C'est un chiffre énorme ! Le texte est même **traduit en anglais et en italien** dès sa sortie.

L'Église, elle, est loin d'applaudir l'ouvrage : celui-ci est « **mis à l'index** » dès **1762**. Il rejoint donc la liste des « livres interdits » aux chrétiens par le pape en raison d'un contenu jugé immoral ou dangereux : on parle alors de l'*Index librorum prohibitorum*. Il est vrai que Voltaire n'hésite pas, dans son œuvre, à s'en prendre aux moines de tous bords et à raviver des querelles religieuses particulièrement vives.

O r, c'est peut-être l'une des raisons du grand succès de l'œuvre : *Candide* est nettement **ancré dans notre temps** et ne peut donc que nous parler. Les guerres mentionnées fournissent un écho très fort à la guerre de Sept Ans qui vient de s'allumer au moment où Voltaire écrit. Le tremblement de terre de Lisbonne, le pouvoir de l'Église catholique, les rois déchus par les nombreuses querelles de succession, l'esclavage des Noirs dans les colonies du Nouveau Monde : l'œuvre déborde de **références à l'actualité** que moi, lecteur du XVIII[e] siècle, je reconnais facilement.

U ne nuance, cependant. Lorsqu'on parle du succès de Voltaire, il faut se souvenir que tout le monde ne lit pas. Si le nombre de lecteurs augmente considérablement au fil du XVIII[e] siècle, Voltaire s'adresse surtout à un public cultivé qui est celui des grandes cours européennes, des «**salons**» ou encore des «**cafés**» qui se développent en France dès la fin du XVII[e] siècle. Réunis chez les dames de la bonne société qui «tiennent salon» et choisissent soigneusement leurs invités, les intellectuels et les artistes discutent, débattent, s'adonnent à des jeux littéraires ou à des lectures publiques. Dans les cafés, au contraire, chacun peut entrer et prendre la parole : on y boit du café, évidemment, mais surtout on y débat des idées nouvelles. Voltaire lui-même fréquente les salons les plus en vue ainsi que les cafés célèbres tels que le café Procope.

Le vrai/faux

- *La publication de* Candide *a été interdite à Paris.*
- *Le conte a été mis à l'index par l'Église.*
- Candide *repose sur de nombreuses allusions politiques et historiques.*

Ce qu'il s'est passé au moment de la création de *Candide*

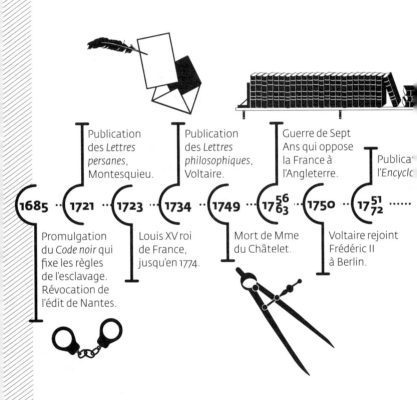

Publication des *Lettres persanes*, Montesquieu.

Publication des *Lettres philosophiques*, Voltaire.

Guerre de Sept Ans qui oppose la France à l'Angleterre.

Publica*
l'*Encyclo*

1685 ··· **1721** ··· **1723** ··· **1734** ··· **1749** ··· **17 56 63** ··· **1750** ··· **17 51 72** ······

Promulgation du *Code noir* qui fixe les règles de l'esclavage. Révocation de l'édit de Nantes.

Louis XV roi de France, jusqu'en 1774.

Mort de Mme du Châtelet.

Voltaire rejoint Frédéric II à Berlin.

ET PENDANT CE TEMPS-LÀ, DANS LE MONDE :

Tremblement de terre de Lisbonne.

Déclaration d'indépendance des États-Unis d'Amérique.

1740-86 · · · · · **1755** · · · · · · **1759** · · · · · · **1776** · · · · ➤

Frédéric II, roi de Prusse.

Le Québec et Montréal deviennent des colonies britanniques.

Lettre à d'Alembert sur les spectacles, Rousseau, contre les philosophes et Voltaire en particulier.

Exécution de Jean Calas.

Mort de Voltaire à Paris.

755 · · · **1758** · · · **1759** · · · **1762** · **1763** · · **1778** · **1791** · · · · · ➤

Voltaire s'installe en Suisse, puis à Ferney (1760).

Publication de *Candide*.

Traité sur la tolérance, Voltaire.

Les révolutionnaires font transférer les restes de Voltaire au Panthéon.

ASTUCE
Pour vous souvenir que Voltaire est mort en **1778**, deux opérations suffisent. Vous savez qu'il est un auteur du XVIIIe siècle, les deux premiers chiffres sont donc 17. Puis, c'est 1 x 7 = 7, suivi de 1 + 7 = 8 !

Les origines et la postérité de *Candide*

Les sources littéraires

On connaît mal l'origine et le contexte de la rédaction de *Candide*. Voltaire, qui demande fréquemment conseil à ses amis lorsqu'il rédige une œuvre, en parle très peu dans sa correspondance. On peut proposer plusieurs modèles, tous vraisemblables : **conte**, **récit de voyage** ou encore **roman sentimental**. Un modèle semble dominer cependant, celui du **roman picaresque**.

Apparu en Espagne au XVIᵉ siècle, le roman picaresque est en vogue en France quand Voltaire écrit. Il met en scène **des personnages sans fortune qui vont de mésaventure en mésaventure** au cours d'un long voyage qui leur fait découvrir le monde et, parfois, la sagesse. Ainsi dans *Cleveland ou le philosophe anglais*, publié entre 1731 et 1739, l'abbé Prévost met en scène le jeune Cleveland, fils bâtard d'un dictateur anglais, qui parcourt le monde avant de retrouver Fanny, son épouse infidèle. Au cours de ses nombreuses aventures, Cleveland fuit l'Angleterre, découvre l'Amérique et traverse l'Europe tout en s'interrogeant sur le destin que Dieu lui réserve. On voit bien les ressemblances avec le récit de Voltaire qui en propose peut-être une **réécriture parodique**.

Les sources thématiques

La source évidente semble être **la théorie de l'optimisme développée dans les *Essais de théodicée* de Leibniz en 1710**. Pour le philosophe, le monde n'est pas parfait et le mal existe mais Dieu a créé le monde au mieux. La succession des maux ne doit pas faire oublier que Dieu a prévu un plus grand

bien que l'homme ne perçoit pas car il ne voit que son présent. On reconnaît bien sûr la position de Pangloss, et *Candide* peut être considéré comme une **réponse, à la fois fantaisiste et philosophique, à cette théorie**.

Deux événements majeurs précèdent la rédaction de *Candide* : le **tremblement de terre de Lisbonne**, en 1755, et le déclenchement de la **guerre de Sept Ans**, qui oppose la France et l'Angleterre avant de ravager toute l'Europe, en 1756. Fortement ému par le désastre de Lisbonne, Voltaire rédige son *Poème sur le désastre de Lisbonne ou examen de cet axiome : «tout est bien»*, qui interroge déjà la théorie de Leibniz. Il tentera, de plus, en vain de réconcilier les rois de France et de Prusse. Sans affirmer que *Candide* n'est écrit qu'en réaction à ces événements, on peut supposer qu'ils jouent un rôle important dans la conception de l'œuvre.

Quelques adaptations

En 1956, Leonard Bernstein adapte le texte pour sa **comédie musicale**.

Parmi les **adaptations théâtrales**, on peut retenir celle de Jean-Claude Amyl en 1978 au Théâtre de Chaillot. Daniel Russo y incarne Candide.

Au **cinéma**, Norbert Carbonnaux réalise le film *Candide ou l'Optimisme au xxᵉ siècle* en 1960 avec Jean-Pierre Cassel et Pierre Brasseur. Le récit est transposé dans le monde en guerre des années 1940.

En 2003, Joann Sfar l'a illustré (Éditions Bréal) et en 2008, Michel Dufranne, Gorian Delpâture et Vujadin Radovanović l'ont adapté en **bande dessinée** (Éditions Delcourt) dans un texte modifié.

Les mots ont une histoire

Φ
Les mots de la philosophie

Manichéen : adepte d'une ancienne secte perse qui affirmait la coexistence du Bien et du Mal en lutte constante dans le monde. Cette secte a été fondée par Mani : le manichéisme c'est donc le fait d'adhérer à la pensée de Mani. Néanmoins, ce sens a totalement disparu. Aujourd'hui on dit de quelqu'un qu'il est manichéen (ou d'une vision qu'elle est manichéenne) lorsqu'il ne voit que le Bien et le Mal sans faire de nuance : quand on dit « tout n'est pas tout blanc ou tout noir », on s'oppose précisément à une vision manichéenne.

Métaphysico-théologo-cosmolonigologie : ce mot n'existe pas ! Mais Voltaire s'amuse à le créer de toutes pièces en jouant sur les racines savantes. Décomposons-les. Le *logos*, en grec, qui donnera la logique mais aussi le langage, c'est la parole, la raison et par extension la science. *Théo* signifie la divinité. Le *cosmos* est le monde, l'Univers ou l'ordre qui règne dans l'Univers. Et la « métaphysique », c'est l'étude de ce qu'il y a au-delà (*méta*) de la nature (*physicos*), bref, c'est l'étude des causes profondes. Et « nigo » ? Ce n'est pas du grec : c'est le nigaud, l'imbécile ! Si on résume, Pangloss enseigne donc la science des causes, de la divinité, de l'Univers et des imbéciles.

Optimisme : la formation du mot est assez simple. L'adjectif *optimus*, en latin, signifiait « le meilleur ». Le suffixe –isme permet de créer des noms désignant une idéologie, une croyance, une théorie à partir d'un autre nom. L'optimisme est donc la théorie liée au « meilleur ». Quand Voltaire écrit, le mot ne désigne que la théorie philosophique ; c'est précisément avec *Candide* et dans les années qui suivront que le mot prendra son sens actuel : la capacité de quelqu'un à prendre les choses du bon côté !

On trouve d'autres mots de cette famille : optimiser ou optimaliser, c'est faire au mieux, optimal signifie « qui a atteint l'optimum » donc le meilleur niveau.

Le **pessimisme** se forme de la même manière, à partir de *pessimus*, « le pire ». En revanche, il ne désigne pas une théorie philosophique précise.

Les mots de la religion

Inquisition : l'Inquisition désigne le tribunal religieux chargé de chasser et de condamner les hérétiques ; dans le cadre de leur procès, les juges devaient interroger les témoins, mener une enquête. C'est le sens premier puisqu'en latin *inquisitio* désigne « la recherche, l'enquête, l'interrogatoire ». Ce n'est qu'à partir du Moyen Âge que le mot prend un sens spécialisé d'enquête sur la foi. Même s'il est rare, inquisition peut toujours désigner une enquête minutieuse. Si le terme latin a évolué dans différentes directions, « enquête », « s'enquérir », et même « question » sont bien de la même famille qu'inquisition. Mais évidemment, les juges de *Candide* ne s'embarrassent pas de cela !

Providence : le latin *providentia* vient de *providere*, qui signifie « voir en avant, prévoir, pourvoir ». La providence, c'est donc une capacité de prévoyance et d'anticipation. La providence divine désigne alors la capacité de Dieu à prévoir le destin des hommes, à le guider. Lorsqu'elle n'est pas divine, la providence est une protection bienveillante : celle de quelqu'un qui perçoit les difficultés à l'avance. Les verbes « prévoir », « pourvoir » ou encore « improviser » et les noms et adjectifs qui en découlent sont donc issus de la même racine, de même que le « proviseur » et les « provisions ».

Les mots de l'esclavage

Esclave : hormis « esclavage » et « esclavagisme », le mot esclave n'a pas une famille très fournie ! Son histoire explique cela. Le mot *sclavus* apparaît assez tard en latin et il signifie « slave », comme les peuples venus de l'est de l'Europe. En latin, l'esclave est *servus* qui a donné de nombreux mots en français : « serf », « service », « servante », « servile »… En fait, le mot esclave vient du fait que pendant le haut Moyen Âge, de nombreux Slaves étaient réduits… en esclavage. Le mot est d'ailleurs passé sans modification dans l'anglais *slave*.

Nègre : le mot nous choque aujourd'hui car il est porteur de fortes connotations racistes, mais elles sont bien moins présentes au XVIIIe siècle. Il ne faut donc pas s'étonner si on trouve fréquemment « nègre » et « négresse » dans la littérature. Le français emprunte ce mot à l'espagnol *negro* qui signifie déjà « noir » au XVIe siècle. Il vient du latin *niger*, « noir ». Un nègre, c'est donc une personne à la peau noire.

Très vite, le terme se charge d'un certain nombre de connotations, notamment sous l'influence de l'esclavage : « travailler comme un nègre », c'est travailler énormément, tandis qu'un « nègre » en littérature est quelqu'un qui est payé pour écrire un livre qu'un autre signe.

En raison de son étymologie, le mot appartient à la même famille que « dénigrer », qui signifie « faire un tableau noir de quelqu'un ». Plus récemment, le substantif nègre retrouve des connotations plus valorisantes : l'anglais *negroe* (ou *nigga* dans sa version familière) apparaît dans de nombreuses chansons, et en France le mouvement de la « négritude » a engagé, dans les années 1930, un mouvement de valorisation de la culture « nègre ».

Les mots du corps et de l'esprit

Candide : adjectif utilisé pour désigner une personne innocente, morale- ment pure, ou trop naïve (pour un adulte), « candide » vient du latin *candidus* qui signifie « d'une blancheur éclatante ». C'est par glissement que le blanc, connotant la pureté, en est venu à signifier la pureté elle-même.

On retrouve d'ailleurs cette étymologie dans le mot « candidat », pourtant si loin du sens de « candide » : le candidat était celui qui, dans l'Empire romain, s'habillait de blanc pour faire savoir qu'il souhaitait obtenir un poste haut placé ou une dignité.

La famille est assez restreinte. Notons cependant que le sens de blancheur est plus actif dans le mot « candeur ».

Ennui : l'histoire de ce mot est celle d'un affaiblissement progressif du sens. Le verbe « ennuyer », qui donnera naissance à l'« ennui », vient du verbe latin *inodiare*, qui signifie « être un objet de haine ». On voit comme « ennui » a perdu de sa force, et on aurait bien du mal à rapprocher l'adjectif « odieux » (détestable) de l'ennui ! Mais ce n'est qu'à partir du XVIIe siècle qu'il passe du sentiment de dégoût ou de haine envers un objet, du tourment profond, au simple sentiment de lassitude. Il est encore très fort chez Voltaire : l'ennui est un mal qui conduit progressivement au dégoût de la vie.

Mais tout de même, « avoir des ennuis » ce n'est pas rien : on conserve aussi quelque chose du sens originel, dans l'adjectif « ennuyeux », qui peut signifier aussi « problématique ». Attention, « ennuyeux » n'est pas tout à fait syno- nyme d'« ennuyant » ! On peut être « ennuyant » un jour, sans être quelqu'un d'ennuyeux (toujours).

Mélancolie : la mélancolie est un état de profonde tristesse qui dure plus ou moins longtemps. Son sens n'est pas si clair quand on voit le mot. Son

histoire est médicale : il vient du grec *melancolia*, qui signifie littéralement « la bile noire » (*mela*, noir). Les médecins de l'Antiquité pensaient que les maladies venaient de déséquilibres entre les différents liquides présents dans le corps, dont la bile. C'était l'excès de bile noire qui, pour eux, expliquait la tristesse profonde.

Les mots de la critique

Cabale : dans le texte de Voltaire, le terme est toujours employé dans le sens de complot ou d'intrigue. Il a cependant une autre signification, spirituelle : il désigne la tradition hébraïque de l'interprétation symbolique de la Bible, puis par extension il désigne une science occulte visant la communication avec des êtres surnaturels. Emprunté à l'hébreu *qabbala*, qui signifie « tradition reçue », il désigne un savoir mystérieux qui se transmet par la tradition et, souvent, dans le secret. C'est cet élément qui permet le glissement vers la « cabale » : réunis en groupes secrets, les cabales, les cabaleurs fomentent leur complot dans l'ombre. L'art de cabaler est, en quelque sorte, une capacité à se réunir dans le secret pour nuire à quelqu'un.

Exécration : haine extrême pour quelqu'un ou quelque chose, sentiment d'horreur, l'exécration est un mot particulièrement fort qui se forme au départ comme antonyme de consécration. Lorsqu'on consacre une chose, on l'élève au rang d'objet sacré. À l'inverse, on refuse toute dimension sacrée à ce qu'on exècre. Le nom latin *exsecratio* signifie en fait « malédiction » ; il se forme sur le préfixe *ex-*, qui signifie « hors de », et sur la racine *–secratio*, « sacré » : est exécré ce qu'on retire du domaine du sacré. C'est ce premier sens qu'on trouve en français au XVIe siècle, mais il est aujourd'hui bien moins fréquent. En somme, exécrer quelqu'un, c'est l'avoir tellement en horreur qu'on le juge digne d'être maudit.

Exercices

1 Essayez de déduire le sens des mots suivants en vous appuyant sur les éléments lexicaux que vous connaissez ou reconnaissez :

Encyclopédisme, absolutisme, esclavagisme, tourisme, monarchisme, républicanisme

Quel est l'intrus ? Expliquez pourquoi.

2 Nous l'avons vu, Voltaire crée des mots ou des expressions.

À vous d'inventer des mots ! À partir des racines suivantes, composez à votre tour de nouvelles sciences (-logie) ou de nouvelles théories (-isme), à l'image de la « métaphysico-théologo-cosmolonigologie », et rédigez leur définition.

Vous pouvez bien sûr ajouter d'autres racines que vous connaissez et glisser des mots fantaisistes.

Pour vous aider, voici quelques préfixes et suffixes, et leur sens :

Mono = seul ; homo = semblable ; phage = qui mange ; chrono = temps ; mnemo = la mémoire ; bio = la vie ; aéro = l'air ; phobe, phobie = la haine, la peur ; poly = plusieurs ; radio = rayon…

3 Réécrivez l'extrait suivant en remplaçant les mots en gras par un antonyme puis par des synonymes.

« Rien n'était si **beau**, si **leste**, si **brillant**, si bien **ordonné** que les deux armées. Les trompettes, les fifres, les hautbois, les tambours, les canons, formaient une **harmonie** telle qu'il n'y en eut jamais en enfer. »

4 Un champ lexical rassemble les mots qui se rapportent à un même thème.

- Identifiez les champs lexicaux auxquels appartiennent les mots suivants :

	Champ lexical
Raison, fin, effet, cause, raisonner, métaphysicien	...
Tragédie, conte, idylle, comédie, essai, roman	...
Drame, catastrophe, tragédie, calamité, désastre	...
Fin, clôture, conclusion, achèvement, issue	...

- Pourquoi «fin» et «tragédie» apparaissent-ils dans deux champs lexicaux? Expliquez clairement leur polysémie.
- Dans le chapitre 6 de *Candide*, identifiez deux ou trois autres champs lexicaux : nommez-les et donnez quelques exemples. Ce tableau, incomplet, peut vous aider.

Mots du texte	**Champ lexical**
...	Émotion
Musique, ...	
Fessé, ...	

5 Dans les phrases suivantes, remplacez le terme générique (en gras) par deux ou trois termes plus précis, coordonnés ou juxtaposés.

1. « En approchant de la **ville**, ils rencontrèrent un nègre étendu par terre. »
2. « Quand nous voulons nous enfuir, on nous **coupe** la jambe. »
3. « **Travaillons** sans raisonner, dit Martin, c'est le seul moyen de rendre la vie supportable. »

Les noms propres sont porteurs de sens

Candide : Jeune homme naïf, ignorant d'un monde qu'il découvre avec un étonnement toujours renouvelé, sincère à l'excès, ce qui ne cesse de lui jouer des tours, notre héros a tout du jeune homme «candide». Le narrateur ne s'en cache pas : son nom reflète son caractère (chapitre 1). Ainsi, l'adjectif «candide» signifie à la fois pur moralement, sincère et naïf.

Martin : Comme l'adjectif «martial», le prénom Martin dérive du nom du dieu romain de la Guerre, Mars. Or, pour Martin, le monde est tourmenté par une guerre constante entre le Bien et le Mal, guerre de tous contre tous, où chacun est malheureux et à la merci des mauvaises intentions de ceux qu'il rencontre.

Pangloss : Formé sur les mots grecs *pan* («tout») et *glossa* («la parole»), le nom de Pangloss signifie littéralement «Tout-langue», «Toute-parole». Pangloss est tout entier un personnage du discours et il faut bien dire qu'il parle beaucoup : de tout et, surtout, il parle plutôt que d'agir !

(Le sénateur) Pococuranté : Formé sur deux racines italiennes, ce nom signifie littéralement «qui se soucie de peu de choses» (*poco*, «peu», et *curante*, «se souciant»). C'est un homme blasé que Voltaire dépeint ici : l'art, la littérature, ses jardins magnifiques, sa fortune, tout le laisse indifférent. Il ne représente pas le bonheur dégagé de tout souci, mais l'indifférence triste, l'ennui.

(M. le baron de) Thunder-ten-tronckh : Quel nom ! C'est un vrai coup de tonnerre, et pour cause : *thunder* signifie «tonnerre» en anglais, et Voltaire qui parle fort bien l'anglais ne peut l'ignorer. Le sens du mot *thunder* et l'allitération en –t très marquée viennent dire la violence du personnage, qui s'abat, telle la foudre, sur le pauvre Candide et le chasse de son château après lui avoir donné «un grand coup de pied au derrière».

Ainsi Voltaire parodie la langue allemande, comme dans le nom du village de Valdberghoff-trarbk-dikdorff (chapitre 2), tout en résumant le caractère de son personnage.

(Monsieur) Vanderdendur : Lisez ce nom à haute voix et «à la française» et vous entendrez bien ce qu'il veut dire! Marchand peu scrupuleux qui maltraite son esclave et escroque Candide, Vanderdendur semble prêt à tout, y compris à mordre, pour gagner de l'argent : en cela, il est bien un vendeur (*van-der*) à la dent dure (*den-dur*)!

Dernières observations avant l'analyse

1. Un récit de voyage

La logique la plus évidente dans *Candide* est certainement celle du voyage : au fil des chapitres, les personnages se lancent dans un véritable tour du monde qui ne laissera de côté que l'Asie. Même l'Afrique, où Candide ne mettra pas les pieds, est évoquée dans le récit de la vieille. Cependant, on n'apprend pas grand-chose sur les pays traversés et Voltaire mélange allègrement des épisodes historiques étalés dans le temps. En fait, il s'agit surtout de dresser un état des lieux de la société du XVIIIe siècle : l'étendue géographique renvoie surtout à l'étendue des problèmes soulevés par l'œuvre. Ce voyage, enfin, a une grande vertu : il éduque le héros et lui ouvre les yeux face au monde. L'auteur croise ici le modèle du récit de voyage, en vogue au XVIIIe siècle, et celui du récit initiatique.

Exercices

1. Au chapitre 18, en Eldorado, Candide prend conscience de l'importance du voyage dans sa formation. Relevez une citation qui le prouve.

2. Un petit effort de mémoire ! Citez au moins quatre pays traversés par Candide et précisez ce qu'il y découvre.

2. Un conte pas si fantaisiste

Candide est souvent désigné comme un «conte philosophique». La formule est juste, mais elle peut être trompeuse. Voltaire reprend plusieurs éléments traditionnels du conte : la description du château, les personnages simples, ou encore la fin heureuse. Néanmoins, le récit est bien plus compliqué que celui d'un conte et, surtout, il se déroule dans un univers réel : nous ne sommes pas dans un «royaume très lointain» mais dans un monde très reconnaissable. Certes, les événements s'enchaînent au gré du hasard et paraissent invraisemblables. Pourtant l'immense majorité des épisodes renvoie à des éléments réels. Voltaire modifie la chronologie, il transforme certains noms (assez peu), mais il garde l'événement. Nous sommes donc moins dans un récit à portée générale, comme dans les contes, que dans une démarche philosophique appuyée sur des exemples concrets.

Exercices

1. Dans le premier chapitre, relevez au moins deux éléments empruntés aux contes traditionnels.
2. Dans le dernier chapitre, relevez une phrase qui montre que Voltaire se moque du modèle du conte.

3. Une histoire d'amour ?

Candide aime Cunégonde et a promis de l'épouser : c'est certainement le fil le plus clair du récit. Son amour fournit le moteur principal du récit qui, à ce titre, se termine bien. Et sa vision idéalisée, quelque peu comique et héritée des romans sentimentaux, n'est jamais remise en question par le personnage : même lorsqu'il retrouve Cunégonde vieille et laide, Candide se tient à son devoir. C'est la fin heureuse du roman d'amour.

Voltaire va plus loin et montre toutes les facettes de l'amour et du désir, même les plus violentes. Tous les personnages sont concernés à l'exception de Martin. L'amour, quel qu'il soit, fournit donc de nombreux épisodes.

Exercices

1. Dans le chapitre 9, relevez une phrase qui montre que Candide s'assimile à un héros de roman amoureux et dites ce qui la rend comique.
2. Trouvez deux exemples d'histoires d'amour secondaires évoquées dans le récit.

Cherchez l'intrus

1 Parmi ces trois pays, lesquels Candide visite-t-il ?

L'Italie.

Le Paraguay.

L'Angleterre.

2 Parmi ces trois ports français, lesquels sont visités par Candide ?

Dieppe.

Paris.

Marseille.

3 De nombreux conflits réels sont évoqués dans l'œuvre. Lesquels ?

La guerre d'indépendance des États-Unis.

Les guerres de succession en Europe.

La guerre entre la France et l'Angleterre.

4 Plusieurs personnages meurent noyés. Lesquels ?

M. Vanderdendur.

L'anabaptiste Jacques.

Le jeune baron de Thunder-ten-tronkh.

5 Malgré son innocence, Candide tue plusieurs personnages. Lesquels ?

Le Juif don Issacar.

L'abbé périgourdin.

Le Grand Inquisiteur.

6 Ami fidèle, Cacambo ne quitte presque jamais Candide. Parmi ces épisodes, quand est-il présent ?

La découverte d'Eldorado.

Le dîner avec les rois déchus à Venise.

La soirée au théâtre à Paris.

7 Parmi ces mésaventures, quelles sont celles que subit Candide ?

Il est battu par des soldats pour avoir tenté de s'enfuir.

Il est emprisonné dans un cachot avant d'être mené au bûcher.

Il est attaqué par des voleurs de grand chemin qui lui volent ses diamants.

8 Plusieurs personnages finissent mutilés à la fin de l'œuvre. Lesquels ?

Pangloss.

Cacambo.

La vieille.

9 Certains personnages passent pour morts avant de revenir dans le récit. Lesquels ?

Cunégonde.

La vieille.

Le jeune baron de Thunder-ten-tronkh.

10 Tous les personnages trouvent leur utilité dans la communauté de la métairie. Quelle est leur fonction ?

Martin devient un bon berger.

Cunégonde devient une bonne pâtissière.

Frère Giroflée devient menuisier.

Au cœur de la phrase

Le discours direct

Voltaire accorde une grande place aux paroles de ses personnages et il a très fréquemment recours au discours direct. Cela permet d'insister sur les réactions des personnages, de faire place au dialogue d'opinion mais aussi, parfois, de dissimuler les temps creux du récit, notamment lors des traversées. Dans le discours direct, on entend les paroles telles qu'elles ont été prononcées. Les propos rapportés apparaissent entre guillemets ou précédés d'un tiret, et sont toujours précédés ou suivis d'un verbe introducteur de parole. S'il intervient après, le sujet du verbe de parole est alors inversé (dit-il).

Exercices

1. **Identifiez les marques du dialogue dans le premier paragraphe du chapitre 10.**
2. **Dans le chapitre 6, où se situe le discours direct ? Que met-il en évidence ?**
3. **Dans les chapitres 11 et 12, la vieille raconte son histoire. Identifiez le verbe introducteur de parole.**
4. **Dans le chapitre 28, identifiez les passages qui ne sont pas au discours direct. Comparez la situation avec celle des chapitres 11 et 12.**

Présent, imparfait et passé simple dans le récit

Le récit au passé est traditionnellement écrit au passé simple, qui évoque les actions ponctuelles et leur enchaînement dans le temps, et à l'imparfait, qui désigne les actions longues ou répétées ou sert de temps de description. Voltaire ajoute à ces temps le présent, qui peut avoir une valeur d'énonciation (il désigne le moment où on parle), une valeur narrative (action passée dans un contexte au passé), une valeur de vérité générale ou encore une valeur de futur proche. En jouant sur les temps et sur leurs emplois, Voltaire donne du rythme à son récit.

Exercices

1. Dans le chapitre 9, quelle est la valeur du présent depuis «En disant cela, il tire un long poignard dont il était toujours pourvu» jusqu'à la fin du paragraphe? Quelle est l'impression créée par ce présent?

2. Dans le chapitre 6, Voltaire écrit «Candide se disait en lui-même [...]». Lisez la fin du chapitre et dites quelle est la valeur de cet imparfait.

3. Dans le chapitre 30, Voltaire écrit «Pangloss disait quelquefois» puis «Candide répondit» (dernier paragraphe). Quels sont les temps employés? Quelle est leur valeur? Quel est l'effet produit?

Les types de phrases

Dans un monde souvent incompréhensible et au gré de rencontres toujours plus déconcertantes, nos personnages réagissent constamment. On trouve donc assez logiquement un grand nombre de phrases interrogatives et exclamatives. Les types (ou modalités) de phrases traduisent toujours une

intention : la phrase déclarative sert à affirmer, la phrase interrogative vise à obtenir une information, la phrase exclamative exprime une émotion, et enfin la phrase impérative vise à donner un ordre ou un conseil. Ce sont ces caractéristiques qui expliquent que Candide soit si souvent dans l'interrogation ou dans l'exclamation, tandis que Pangloss est presque toujours dans la déclaration. La façon de parler des personnages renvoie donc à leur caractère.

Exercices

1. *Dans le premier paragraphe du chapitre 17 (p. 66), distinguez les types de phrases employées par Candide et par Cacambo. Quelle est l'attitude de chacun des personnages ?*
2. *Quel sentiment est exprimé par l'exclamation dans la phrase suivante : «ma gorge se formait; et quelle gorge! […] et quels yeux! et quelles paupières! et quels sourcils noirs!» (chap. 11, p. 40) ?*
3. *Dans le premier paragraphe du chapitre 23 (p. 107), distinguez les différents types de phrases dans le discours de Candide et dans celui de Martin. Comment peut-on expliquer la différence ?*

L'utilisation des connecteurs logiques

Candide n'est pas un traité de philosophie mais il comporte deux figures importantes de philosophes. Leur discours, pour convaincre, se doit donc d'être structuré et logique et repose sur une utilisation parfois outrancière des connecteurs. On désigne par ce mot tous les outils de liaison qui assurent les liens logiques dans un énoncé, aident à mettre en relation deux idées : conjonctions de coordination, conjonctions de subordination, adverbes à valeur logique, etc. S'ils sont essentiels dans la progression de la pensée,

Voltaire s'amuse pourtant à les détourner, au détriment de son philosophe optimiste. Au contraire, le discours de Martin, plus enclin à constater qu'à théoriser, est moins structuré.

Exercices

1. Dans le premier chapitre, relevez les connecteurs logiques dans le discours de Pangloss en précisant leur valeur logique.

2. Dans «je n'ai point [d'argent] ; vous en avez, je vous suivrai partout» (chap. 21, p. 91), quelle est la relation logique entre les trois idées ? Quel est l'effet produit ?

La construction du texte

1. La mise en place du récit : la destruction du château idéal

La situation initiale est simple et elle est présentée clairement : dans le plus beau des châteaux, les personnages les plus admirables vivent heureux. L'élément perturbateur est aussi simple : après un baiser interdit, Candide est chassé. Le voilà lancé sur les routes à la recherche de sa princesse.

L'histoire des autres personnages commence de manière similaire : chassés un à un du château, tous se retrouvent à parcourir l'Europe. Seulement Voltaire diffère cet épisode. Il intervient de manière retardée dans les récits des personnages

Exercices

1. **Comment Voltaire souligne-t-il l'élément perturbateur ? Relevez une expression dans le chapitre 1.**
2. **Quels éléments communs peut-on retrouver entre la description du champ de bataille au chapitre 3, le récit des massacres par Pangloss et le récit des massacres par Cunégonde ?**

2. Les péripéties :
les personnages affrontent le monde
(chapitres 2 à 16)

À partir du chapitre 2, les rebondissements s'enchaînent. En quatorze cha-
pitres, Candide aura été enrôlé, fouetté, témoin d'une tempête, condamné
par l'Inquisition, trois fois meurtrier et aura visité l'Europe du Nord, l'Europe du
Sud et le Paraguay ! Et, comme si cela ne suffisait pas, Voltaire prend le temps
d'ajouter le récit de chacun des personnages. Celui de la vieille s'étend sur deux
chapitres et offre un détour par l'Italie, le Maroc, l'Algérie, l'Égypte, la Turquie,
la Russie… Tout cela peut paraître bien décousu tant c'est romanesque : en
fait, Voltaire fait ici un tour d'horizon des malheurs qui accablent les hommes.

Exercices

**1. Combien de péripéties peut-on compter si on exclut
les récits enchâssés (intégrés au récit) ?
2. À quoi sert le récit de la vieille ?
3. Comment les épisodes s'enchaînent-ils ?**

3. *Une pause dans le récit : l'Eldorado*
(chapitres 17 et 18)

Après tous ces épisodes et ces fuites à répétition, la parenthèse de l'Eldorado
apparaît comme une pause bien méritée pour Candide et Cacambo, qui ont
évité de nombreux « écueils » (chapitre 17) qui représentent symboliquement
les épisodes précédents. Le rythme de la narration ralentit ici considérable-
ment : Voltaire prend le temps de décrire et de faire entendre le dialogue entre
Candide et le vieillard d'Eldorado. Ainsi ces deux chapitres sont les seuls qui ne
présentent pas réellement d'action.

Exercices

1. *Relevez les indications temporelles : combien de temps s'écoule entre l'arrivée et le départ des personnages ? Comparez avec les indications temporelles fournies dans les chapitres précédents.*

2. *D'après vous, pourquoi Voltaire a-t-il écrit deux chapitres au lieu d'un ? À quoi sert chaque chapitre ?*

4. La reprise du voyage : la confirmation du malheur
(chapitres 19 à 26)

Après le court répit offert par l'Eldorado, Candide et Cacambo se remettent en route : conte oblige, le héros doit retrouver Cunégonde. Si les aventures sont moins spectaculaires et moins nombreuses que dans la première partie (après tout, le héros n'est « que » volé et trompé), ces chapitres répondent tout de même aux précédents : après avoir montré les maux qui accablent la société en Europe, Voltaire propose une galerie de personnages mauvais ou malheureux. Toutefois, la fin est proche et Candide sait dorénavant où trouver Cunégonde.

Exercices

1. *Quels sont les différents types de personnages qui apparaissent ? Que peuvent-ils représenter ?*

2. *Quels thèmes présents dans la première partie réapparaissent ici ?*

5. La résolution

À partir du retour de Cacambo, le récit devient enfin simple : chaque chapitre coïncide avec le retour d'un ou plusieurs personnages et les obstacles s'écartent avec facilité. Le chapitre final joue alors bien son rôle de « conclusion » : après toutes leurs aventures, les personnages sont enfin stabilisés dans une métairie qui rappelle le château initial. Fin de l'histoire, retour à l'ordre.

Exercices

1. *Par quel moyen Candide parvient-il à réunir ses compagnons ?*
2. *Pourquoi le conte ne peut-il pas se conclure tant que le baron est là ?*
3. *Pourquoi peut-on dire que tous les personnages finissent à égalité ?*

Caractérisation des personnages

1. Candide : un héros qui évolue

Candide est doté de caractéristiques simples et fixes : il est naïf et doux, il est fidèle à Cunégonde, il s'interroge sur le monde. Ainsi, chaque aventure donne lieu à une pensée pour Cunégonde. Cependant, c'est son rapport à la philosophie qui montre le mieux son évolution.

Exercices

Comparez ces quatre passages. En quoi peuvent-ils re-présenter l'évolution du personnage au fil du récit ?
• «Maître Pangloss me l'avait bien dit que tout est au mieux dans ce monde, car je suis infiniment plus touché de votre extrême générosité que de la dureté de ce monsieur à manteau noir et de madame son épouse» (chapitre 3).
• «Candide, épouvanté, interdit, éperdu [...] se disait à lui-même : "Si c'est ici le meilleur des mondes possibles, que sont donc les autres ?"» (chapitre 6).
• «Ô Pangloss! [...] c'en est fait, il faudra qu'à la fin je renonce à ton optimisme. — Qu'est-ce qu'optimisme? disait Cacambo. — Hélas! dit Candide, c'est la rage de soutenir que tout est bien quand on est mal. » (chapitre 19).
• «Ah, Pangloss! Pangloss! Ah, Martin! Martin! [...] Qu'est-ce que ce monde-ci ? » (chapitre 23).

2. Cunégonde :
de la princesse à la pâtissière

On ignore tout de son caractère, si ce n'est qu'elle devient « acariâtre » à force d'ennui au chapitre 30. Peu individualisée, elle parle peu et ne se mêle jamais de philosophie. En fait, elle n'apparaît que par son corps, tantôt désirable, tantôt repoussant. On peut cependant souligner que sa laideur finale la sort du statut figé de princesse de conte pour en faire une femme réelle intégrée à une communauté productive.

Exercices

1. *Comparez les deux portraits de Cunégonde qui se situent au début et à la fin de l'œuvre. Comment Voltaire inverse-t-il les caractéristiques initiales ?*
• **« Cunégonde, âgée de dix-sept ans, était haute en couleur, fraîche, grasse, appétissante »** (chapitre 1).
• **« [il vit] sa belle Cunégonde rembrunie, les yeux éraillés, la gorge sèche, les bras rouges et écaillés »** (chapitre 29).
2. *En quoi peut-on parler d'un retournement comique lorsque Voltaire écrit :* **« Cunégonde était à la vérité bien laide ; mais elle devint une excellente pâtissière »** *? Comparez avec le portrait du chapitre 1.*
3. *Cunégonde séduit tour à tour le Juif don Issacar, le Grand Inquisiteur (chapitre 8), le gouverneur Don Fernando d'Ibaraa, y Figueora, y Mascarenes, y Lampourdos, y Souza (chapitre 13). Quelle image du personnage se dégage ?*

3. Les philosophes : Pangloss et Martin

Philosophes aux théories opposées, Martin et Pangloss se répondent et se ressemblent : ils parlent beaucoup mais agissent peu ! Martin, qui n'apparaît qu'après le départ de Pangloss et Cacambo (chapitre 19), n'est jamais dans l'action, il n'apparaît presque que dans les dialogues ou dans le discours rapporté.

Pangloss perd « le bout du nez, un œil et une oreille » à cause de la petite vérole, mais il existe surtout par sa théorie. Sa parole, volontiers savante, est souvent ridicule : ses propos ont toutes les apparences de la réflexion mais… ils ne sont pas toujours logiques !

Exercices

1. **Dans le chapitre 1 (p. 6, dernier paragraphe), analysez le discours de Pangloss et repérez les éléments qui montrent que Voltaire parodie une langue savante. Comparez avec le dernier chapitre, retrouve-t-on ces caractéristiques ?**
2. **Étudiez la construction du dernier chapitre (p. 143, derniers paragraphes) à partir de « Candide, en retournant dans sa métairie, fit de profondes réflexions ». Comment se répartit la parole ? En quoi peut-on dire que Candide fait taire ses deux maîtres ?**

4. Les compagnons : la vieille et Cacambo

La vieille

La vieille n'a pas de nom, elle n'est que « la vieille » ! L'expression résume le personnage : elle a certes perdu la beauté de ses jeunes années, mais elle a acquis une grande expérience qui lui permet d'avoir un sens pratique développé et de regarder le monde sans trop de désespoir. Par certains côtés, son histoire annonce celle de Cunégonde, auprès de qui elle joue le rôle de conseillère.

Exercices

Comparez, par exemple, la fin des chapitres 9 et 13 ainsi que la phrase suivante : « la vieille proposa à Candide de s'en accommoder [de la petite métairie] en attendant que toute la troupe eût une meilleure destinée » (chapitre 30). En quoi les conseils de la vieille sont-ils à la fois simples et efficaces ?

Exercices

Dans les chapitres 26 à 30, un adjectif revient régulièrement pour qualifier Cacambo. Lequel ?

Cacambo

Cacambo remplit une fonction comparable à celle de la vieille : doté de bon sens et fort bon traducteur, il conseille Candide. Il est surtout caractérisé par son extrême droiture qui lui vaut la confiance absolue de Candide : il est l'image de l'ami et du conseiller.

Les intentions de l'auteur : dénoncer pour faire réagir le lecteur

1. Une satire de l'optimisme

Malgré ses allures fantaisistes, *Candide* est une **œuvre argumentative**. Plutôt que par un traité sérieux, Voltaire choisit de livrer ici une **satire féroce de l'optimisme** : il s'attache à **tourner en ridicule la théorie de Leibniz**. Pangloss et avec lui Candide répètent sans cesse que « tout est pour le mieux dans le meilleur des mondes possibles » mais les épisodes les contredisent. Voltaire n'hésite pas à aller dans l'excès : drôle de meilleur des mondes que celui où les personnages n'arrêtent pas de mourir ! Les catastrophes s'entassent, le récit devient comique mais les faits sont là. En guise de conclusion, Voltaire ne laisse pas Pangloss finir sa tirade sur les rois : à force de philosopher, on oublie de regarder le monde tel qu'il est.

Exercices

1. Dans le chapitre 4, donnez un exemple d'argument absurde que Pangloss utilise pour justifier sa théorie.
2. Résumez quatre événements qui s'enchaînent en faisant alterner catastrophe et bonne nouvelle. Appuyez-vous sur la première partie.
3. Trouvez un exemple pour montrer que Pangloss ne renonce pas à sa théorie et devient ridicule. Vous pouvez chercher dans les trois derniers chapitres.

2. Une dénonciation du monde réel

Voltaire ne s'attaque pas uniquement à l'optimisme : il cherche à dénoncer tout ce qui le révolte dans la société. Les références au monde réel sont nombreuses : *Candide* est une sorte de résumé de toutes les injustices possibles. Sans entrer dans le détail de tout ce qu'il critique (ce serait trop long !), on peut identifier les thèmes principaux. **Il dénonce d'abord toutes les formes de pouvoir abusif**, qu'il soit politique ou religieux. Ensuite, il s'en prend avec férocité à **l'intolérance**, au **préjugé** et à **l'hypocrisie des religieux** qui justifient la violence. Enfin, il attaque **l'esclavage**, les **injustices** engendrées par une justice corrompue et montre la malhonnêteté des hommes.

Exercices

Trouvez un exemple pour chaque sujet de la critique. Essayez de trouver des exemples répartis dans toute l'œuvre.

3. Ironie et parodie, les outils de la critique

La parodie est une imitation qui introduit un décalage par rapport au modèle, souvent dans un but **comique** : c'est pour cela que nous avons parlé de parodie de roman picaresque. Ainsi, lorsque Voltaire fait dire à Pangloss que « tout va pour le mieux dans le meilleur des mondes », il parodie Leibniz qui écrit « tout est bien » : il ajoute une dimension excessive par le superlatif.

L'ironie, elle, repose sur le décalage entre une situation et ce qu'on en dit ou ce qu'elle provoque. La forme la plus fréquente est **l'antiphrase** qui dit le contraire de ce qu'on veut faire comprendre. Dans le chapitre 22, lorsqu'on lit que la marquise « loua de si bonne foi [les diamants] », on comprend évidemment qu'elle est de mauvaise foi et qu'elle les loue uniquement pour les obtenir. C'est **l'ironie de situation** qui domine dans *Candide*. Cette ironie est souvent plus difficile à percevoir et **elle ne vise pas vraiment à faire rire**. Au chapitre 3, lors de la rencontre avec l'orateur, le narrateur insiste sur le fait que l'homme vient « de parler tout seul une heure de suite sur

la charité», sa réponse lorsque Candide lui demande l'aumône est donc très décalée : la situation est ironique.

Dans les deux cas, la critique n'est pas directe : c'est au lecteur de la reconstituer en **interprétant le décalage**.

Exercices

1. Dans le chapitre 6, Voltaire propose une parodie d'auto-da-fé qui transforme la cérémonie en spectacle de carnaval. Trouvez au moins deux éléments parodiques et un élément ironique.

2. Trouvez un élément ironique dans les chapitres 1 à 6.

Quelle vision de la société dans *Candide* ?

1. Un monde ravagé par le mal

C'est peu de dire que Voltaire compose ici un tableau extrêmement noir du monde. Le Mal y prend toutes les formes possibles, il vient des hommes comme de la Terre. **Abus de pouvoir**, **guerres**, **intolérance religieuse**, **envie** entraînent des violences qui se répètent tandis que le désastre meurtrier de Lisbonne vient condamner tout espoir d'une sorte de bonté de la nature. Dans ce monde dévasté, Voltaire renonce à montrer des hommes heureux. Le malheur public cache à peine le malheur individuel causé par l'envie, l'intérêt ou l'ennui.

Il faut préciser, enfin, que les **femmes sont particulièrement maltraitées**. Peu présentes dans le roman, lorsqu'elles parlent c'est toujours pour évoquer des malheurs sans fin : viol, prostitution, captivité, rien ne leur est épargné. À la fin du roman, même laides, vieilles ou vérolées, elles restent au service des hommes et sont reléguées aux tâches domestiques.

Exercices

1. Dans le chapitre 20, relevez une phrase qui résume le lien entre les malheurs du monde et ceux des individus.
2. Quel est le seul épisode où le Mal n'apparaît pas ? Pourquoi ?
3. Résumez les malheurs de Pangloss à partir de son récit du chapitre 28.

2. Une réflexion sur le bonheur

Dans cette société malade, **trois lieux échappent au cycle du Mal : le château de Westphalie**, **l'Eldorado** et la **métairie**. Ces lieux se ressemblent. Isolés du monde réel, ils représentent trois univers clos dotés de leurs propres règles. En fait, ils viennent dessiner **trois visions du bonheur** et se répondent entre eux.

Le premier chapitre propose un univers heureux mais illusoire : c'est un château de conte de fées. Le monde de l'Eldorado est idéal et offre la vision d'un bonheur parfait mais irréel. Candide doit retrouver Cunégonde. La métairie offre une vision plus simple du bonheur : loin des richesses de l'Eldorado et de l'idéalisation naïve du château, elle est pourtant le seul lieu du bonheur réel. Les personnages subviennent à leurs besoins, échappent aux dangers du monde et trouvent même leur utilité au sein de leur microsociété. Voltaire confronte le bonheur révolu, le bonheur idéal et le bonheur accessible.

En fin de compte, **la métairie est une image inversée du château** : le monde ancien est oisif (personne ne travaille) et repose sur une hiérarchie de naissance, le monde nouveau propose une égalité acquise par le travail. Ces deux chapitres proposent une réécriture de la Genèse dans la Bible : après avoir «goûté le fruit défendu», Adam et Ève sont chassés du Jardin d'Éden, le paradis terrestre, et condamnés à travailler pour survivre. C'est ce qui se passe entre le premier et le dernier chapitre. Le rôle des grands malheurs est donc, peut-être, de permettre aux personnages de construire leur propre bonheur.

Exercices

1. *Relevez les éléments qui insistent sur le fait que l'El-dorado est séparé du reste du monde.*
2. *Comparez le chapitre 1 et le chapitre 30 : quels sont les personnages présents ? Expliquez les différences.*
3. *Relevez les références à la Genèse dans ces chapitres (vous pouvez vous aider des notes).*

3. Le regard des Lumières sur la société française

Le regard que pose Voltaire sur la société de son temps n'est pas anodin. En fait, **on retrouve dans *Candide* les principales idées des Lumières**. Ce terme désigne un mouvement culturel européen qui réunit des écrivains, des philosophes, des artistes et des scientifiques européens au XVIII^e siècle. « Les Lumières » défendent la raison contre la superstition et les préjugés. **Pour elles, plus on est savant, plus on est libre**, c'est pourquoi Diderot et d'Alembert rédigent, avec d'autres, l'*Encyclopédie* qui cherche à donner accès au plus grand nombre de connaissances possible. Ils combattent avec virulence les injustices, les abus de pouvoir et toutes les formes d'oppression.

Le chapitre de l'Eldorado est donc essentiel : il décrit une société utopique, c'est-à-dire parfaite mais imaginaire, à l'image de la société dont rêvent les Lumières. Société égalitaire, juste et pacifique, l'Eldorado met à l'honneur les connaissances dans sa galerie merveilleuse et est gouverné par un roi bon qui se met à égalité avec ses sujets. La religion d'Eldorado, enfin, est à l'image de Voltaire : les gens d'Eldorado croient en Dieu qui est partout mais n'ont pas de clergé. Cette société représente l'exact contraire de ce que Candide découvre dans le monde qu'il parcourt et ce n'est pas un hasard si l'épisode se trouve au milieu du récit.

Exercices

1. Trouvez deux exemples pour montrer que l'Eldorado est le reflet inversé de l'Europe.
2. Précisez bien en quoi l'Eldorado montre la face positive et le monde réel, la face négative.

Résumons !

Si vous avez bien lu Candide, *vous pourrez replacer facilement les termes suivants au bon endroit : rebondissements ; tristesse ; métairie ; espoir ; paradis ; utopie ; religieux ; Martin ; optimiste ; esclave.*

Élevé dans le «plus beau des châteaux», Candide est un jeune homme naïf et fort ignorant du monde. Chassé par le baron de Thunder-ten-tronkh pour avoir embrassé Cunégonde, il doit quitter son petit **...** . Lancé sur les chemins, le héros parcourt le monde et découvre ses horreurs qui vont lui faire remettre en question la philosophie **...** de son maître, Pangloss. En Europe, il découvre la guerre, les catastrophes naturelles, les abus du pouvoir **...** . Il voit Pangloss mourir et apprend les terribles mésaventures de sa bien-aimée et de la vieille. Contraint de fuir l'Europe après avoir tué don Issacar et le Grand Inquisiteur, Candide embarque pour le Nouveau Monde plein d'**...** . Là-bas, il doit à nouveau quitter sa bien-aimée, mais rencontre Cacambo. L'**...** de l'Eldorado semble offrir un refuge mais son amour pour Cunégonde le pousse à poursuivre son voyage et à se confronter à nouveau aux malheurs du monde. Après la rencontre avec l'**...** à Surinam qui le plonge dans une profonde **...** , la malhonnêteté de M.Vanderdendur achève de le décourager. De retour en Europe, il constate que bien peu d'hommes sont heureux et il est tenté par la vision pessimiste de **...** , qu'il a rencontré à Surinam. Après des **...** nombreux, il finit par retrouver tous ses anciens compagnons : Cunégonde et la vieille sont devenues servantes, Pangloss et le jeune baron de Thunder-ten-tronkh sont devenus galériens, et Paquette, la jolie servante du château, est devenue prostituée. Avec le peu d'argent qui reste de l'Eldorado, Candide et Cacambo rachètent leurs amis et la troupe s'installe à l'écart du monde, dans une petite **...** près de Constantinople.

QUESTIONNEMENT AU FIL DU TEXTE :
LA DÉCOUVERTE DE L'EUROPE ET DU MAL (chapitres 2 à 10)

1. Dans le tableau suivant, inscrivez le nom des personnages que Candide rencontre en distinguant ceux qui sont positifs et ceux qui sont négatifs.

Chapitre	Personnages bienveillants	Personnages malveillants

2. Quels pays Candide traverse-t-il ?

3. Résumez l'histoire de Cunégonde et son trajet depuis le château.

4. Quelles sont les différentes sources des nombreux malheurs qui s'abattent sur les personnages ?

5. Quel sentiment éprouve Candide au fil des chapitres 2, 3, 5 et 6 ?

6. Que pense Candide de la philosophie de Pangloss à la fin de ces épisodes ?

LECTURE À LA LOUPE :
CANDIDE À LA GUERRE
(chapitre 3, paragraphes 1 et 2, p. 13)

1. Dans le premier paragraphe, sur quoi Voltaire insiste-t-il ? Prouvez-le en citant au moins deux expressions.

2. « Les trompettes, les fifres, les hautbois, les tambours, les canons, formaient une harmonie telle qu'il n'y en eut jamais en enfer. » Quel est le champ lexical qui domine ? Que signifie la comparaison ?

3. Quel sentiment Candide ressent-il ? Citez le texte pour justifier votre réponse.

4. Quel est l'effet produit par l'expression « boucherie héroïque » ? Savez-vous comment on appelle cette figure de style ?

5. Quel est le sentiment qui s'exprime le plus souvent chez Candide dans ces épisodes ?

6. Relevez les mots empruntés à la philosophie de Pangloss. Quel effet produisent-ils ?

QUESTIONNEMENT AU FIL DU TEXTE :
LA CONFRONTATION ENTRE L'IDÉAL ET LE RÉEL
(chapitres 17 à 19)

1. Comment Candide et Cacambo arrivent-ils en Eldorado ?

2. Quelle est la première chose qui les frappe ?

3. Qui leur fait visiter la ville ?

4. Comment peut-on qualifier l'architecture de l'Eldorado ?

5. Quelle est l'histoire de l'Eldorado ?

6. Par quel moyen Candide et Cacambo sortent-ils du royaume ?

7. Quel est leur sentiment lorsqu'ils partent ?

8. Résumez les événements qui suivent leur sortie d'Eldorado et qui leur font perdre leurs beaux espoirs.

9. Que peut signifier la mort des moutons rouges ?

LECTURE À LA LOUPE : RENCONTRE AVEC LE NÈGRE DE SURINAM (chapitre 19, paragraphes 2 et 3, p. 79-80)

1. Dans la première réplique de Candide, relevez les indices qui montrent qu'il a de la compassion pour l'esclave.

2. Qui désignent les pronoms « on », « nous » et « vous » dans le discours de l'esclave (de « Oui, monsieur » à « en Europe ») ? Quel est l'effet produit ?

3. De « Quand nous travaillons aux sucreries » à « je me suis trouvé dans les deux cas », relevez deux éléments qui donnent un rythme mécanique à cette phrase. L'esclave exprime-t-il un sentiment ?

4. En quoi le deuxième emploi du mot « fétiches » (« les fétiches hollandais ») est-il ironique ?

5. Quel est l'argument final de l'esclave ?

6. En quoi ses précautions (« Je ne suis pas généalogiste », « Vous m'avouerez ») renforcent-elles l'argument ?

7. Quel est le sentiment de Candide ? Justifiez en citant un ou deux éléments du texte.

QUESTIONNEMENT AU FIL DU TEXTE :
LA FIN DU RÉCIT
(chapitres 27 à 30)

1. Où Candide retrouve-t-il Pangloss, le baron, Cunégonde et la vieille ?
2. Le caractère de Candide a-t-il évolué ? Et celui de Pangloss et du baron ?
3. Comment Voltaire détruit-il la vision idéalisée de l'amour de Candide pour Cunégonde ?
4. Quel est le sentiment qui domine chez les personnages au début du chapitre 30 ?
5. Quelle est la philosophie qui domine jusqu'à la rencontre avec le derviche ?
6. Quel conseil le derviche donne-t-il à Pangloss ? Pouvez-vous l'expliquer ?
7. Résumez le mode de vie du vieillard : quelle est la valeur qui domine ?
8. En quoi le conseil du vieillard peut-il être une réponse au récit ?

 LECTURE À LA LOUPE :
«IL FAUT CULTIVER NOTRE JARDIN»
(chapitre 30, les deux derniers paragraphes, p. 144-145)

1. Quel est l'effet produit par la longue réplique de Pangloss ? Donnez un élément précis pour justifier votre réponse.
2. Pourquoi les répliques du dialogue du premier paragraphe sont-elles aussi disproportionnées ?
3. Pourquoi Voltaire choisit-il le passé simple au début du second paragraphe ?

4. Qu'est-ce qui rend le résumé de Pangloss comique (à partir de «tous les événements se sont enchaînés…»)?

5. Quelle est la valeur du présent dans «Il faut cultiver notre jardin»?

6. En quoi peut-on parler d'une moralité? Proposez deux interprétations de cette phrase.

Jeu de lettres

Avez-vous bien retenu le vocabulaire ?

1. Théorie soutenant que tout ce qui arrive répond à une intention de Dieu dans le meilleur des mondes possibles.
2. Comploter, intriguer.
3. Petite ferme où s'installent Candide et ses compagnons.
4. Palais du sultan dans l'Empire ottoman.
5. Membre d'une secte protestante qui ne pratique le baptême qu'à l'âge de raison.
6. Discipline de la philosophie qui s'interroge sur les causes. Pangloss la pratique.
7. Sentiment de tristesse diffuse que l'Antiquité associait à l'excès de bile noire.
8. Nombre d'ascendants nobles d'un individu. Cunégonde en a soixante-douze.
9. Nom latin du maître d'école.
10. Juge dans la justice espagnole du xviiie siècle.
11. Tribunal religieux chargé de chasser et de punir les hérétiques.
12. Maladie sexuelle qui défigure Pangloss.
13. De mauvaise humeur. Cunégonde le devient.
14. Un texte qui décrit un univers parfait mais imaginaire.
15. Jeune enfant placé sous la protection d'un précepteur.

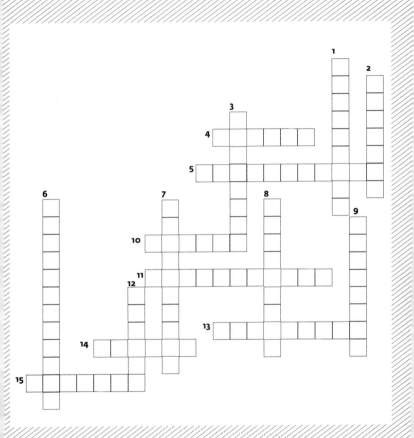

Le 20 sur 20

Avez-vous bien lu le récit et le dossier ? Les dix premières questions concernent *Candide*, les dix suivantes le dossier. Vous pouvez vous auto-évaluer en vérifiant les réponses qui sont à l'envers, à la page suivante.

1. Comment se nomme le pays imaginaire que visitent Candide et Cacambo ?
2. Dans quel pays se déroule la scène de l'Inquisition ?
3. Pourquoi Pangloss et Candide sont-ils condamnés ?
4. De qui la vieille est-elle la fille ?
5. Comment s'appelle le seigneur italien que Candide et Martin rencontrent à Venise ?
6. Par quelle armée Candide est-il enrôlé au début de l'œuvre ?
7. Quel épisode amène Candide à douter de la philosophie de Pangloss ?
8. Quel personnage vient en aide à Candide en Hollande ?
9. Comment Candide retrouve-t-il un mouton d'Eldorado ?
10. En quoi la philosophie de Pangloss et celle de Martin sont-elles opposées ?

11. À quel mouvement culturel Voltaire appartient-il ?
12. Quels événements réels Voltaire évoque-t-il dans les chapitres 2-3 et 5-6 ?
13. À quel philosophe Voltaire s'oppose-t-il ?
14. Quelle vision du malheur a-t-on avant et après l'Eldorado ?
15. Quelles sont les principales cibles de la critique de Voltaire ?
16. Quel genre littéraire Voltaire parodie-t-il ?
17. Qu'est-ce qu'une satire ?
18. Quel rôle symbolique l'océan Atlantique joue-t-il dans l'œuvre ?
19. Qu'est-ce qu'une utopie ?
20. Quel est le point commun entre le château, l'Eldorado et la métairie finale ?

RÉPONSES

1. L'Eldorado.
2. Au Portugal.
3. Ils sont condamnés « l'un pour avoir parlé, l'autre pour avoir écouté avec un air d'approbation ».
4. Du pape (imaginaire) Urbain X.
5. Le Seigneur Pococuranté.
6. Par l'armée des Bulgares.
7. La rencontre avec le nègre de Surinam.
8. Jacques l'anabaptiste.
9. Il le retrouve au moment du naufrage du bateau de M. Vanderdendur.
10. Pangloss pense que tout est au mieux tandis que Martin ne voit que le mal.
11. Les Lumières.
12. La guerre de Sept Ans et le tremblement de terre de Lisbonne.
13. À Leibniz.
14. Le malheur public et le malheur individuel.
15. L'Église catholique, l'absolutisme royal ou les gouvernements européens, la méchanceté des hommes.
16. Le roman picaresque / le roman sentimental.
17. Une critique par le ridicule.
18. Il symbolise la frontière entre le monde réel et le monde rêvé.
19. La description d'un monde imaginaire idéal.
20. Les personnages sont heureux dans un lieu séparé du monde.

À nous de jouer

Pour faire comprendre ce que vous lisez à voix haute à vos camarades ou à n'importe quel autre public, il faut suivre quelques règles. Ne pas buter sur les mots, et pour ce faire, il est vivement conseillé de s'entraîner plusieurs fois avant de se lancer. Une fois ce minimum atteint, il faut penser à traduire les intentions de l'auteur dans sa lecture. C'est à cet exercice que nous allons nous employer maintenant.

La dimension parodique

Chapitre 1, la description du château : faites ressentir la dimension parodique de la description.

1. Sans relire le texte, dessinez un château de conte et les personnages qui l'habitent. Pour chaque élément, essayez de trouver un ou deux adjectifs qui vous permettrai(en)t de le décrire. Improvisez, à voix haute, le début d'un conte en vous appuyant sur ces éléments.
2. Vous pouvez à présent comparer avec le texte de Voltaire ! Lisez-le en faisant bien entendre l'ironie dans les passages soulignés.

« Il y avait en Westphalie, dans le château de M. le baron de Thunder-ten-tronckh, un jeune garçon à qui la nature avait donné les mœurs les plus

douces. Sa physionomie annonçait son âme. Il avait le jugement assez droit, avec l'esprit le plus simple; c'est, je crois, pour cette raison qu'on le nommait Candide. […]

Monsieur le baron était un des plus puissants seigneurs de la Westphalie, car son château avait **une** porte et **des** fenêtres. Sa grande salle **même** était ornée d'une tapisserie. […]

Madame la baronne, qui pesait environ trois cent cinquante livres, s'attirait **par là** une très grande considération, et faisait les honneurs de la maison avec une dignité qui la rendait encore plus respectable. Sa fille Cunégonde, âgée de dix-sept ans, était haute en couleur, fraîche, grasse, appétissante. Le fils du baron paraissait en tout digne de son père. Le précepteur Pangloss était l'oracle de la maison, et le petit Candide écoutait ses leçons avec toute la bonne foi de son âge et de son caractère.»

L'admiration

Chapitre 18, la description d'Eldorado : faites ressentir l'admiration de Candide et de Cacambo.

«Candide et Cacambo montent en carrosse; les six moutons volaient, et en moins de quatre heures on arriva au palais du roi, situé à un bout de la capitale. Le portail était de deux cent vingt pieds de haut et de cent de large; il est impossible d'exprimer quelle en était la matière. On voit assez quelle supériorité prodigieuse elle devait avoir sur ces cailloux et sur ce sable que nous nommons or et pierreries.

Vingt belles filles de la garde reçurent Candide et Cacambo à la descente du carrosse, les conduisirent aux bains, les vêtirent de robes d'un tissu de duvet de colibri; après quoi les grands officiers et les grandes officières de la couronne les menèrent à l'appartement de Sa Majesté, au milieu de deux files chacune de mille musiciens, selon l'usage ordinaire. […]

En attendant, on leur fit voir la ville, les édifices publics élevés jusqu'aux nues,

les marchés ornés de mille colonnes, les fontaines d'eau pure, les fontaines d'eau rose, celles de liqueurs de canne de sucre, qui coulaient continuellement dans de grandes places, pavées d'une espèce de pierreries qui répandaient une odeur semblable à celle du gérofle et de la cannelle. […] Ce qui le surprit davantage, et qui lui fit le plus de plaisir, ce fut le palais des sciences, dans lequel il vit une galerie de deux mille pas, toute pleine d'instruments de mathématique et de physique. »

Exercices

1. Réécrivez cette description sous la forme d'un dialogue entre Candide et Cacambo. Attention, pensez bien à intégrer les commentaires positifs de ces deux observateurs et n'oubliez pas de mettre une ponctuation adaptée.
2. Jouez votre dialogue à haute voix avec un camarade ou en faisant bien ressortir les deux voix différentes.

Trouvez le ton !

Chapitre 19 (p. 80-81), lisez ce passage en faisant entendre les différents tons :

« Oui, monsieur, dit le nègre, c'est l'usage. On nous donne un caleçon de toile pour tout vêtement deux fois l'année. Quand nous travaillons aux sucreries, et que la meule nous attrape le doigt, on nous coupe la main ; quand nous voulons nous enfuir, on nous coupe la jambe : je me suis trouvé dans les deux cas. C'est à ce prix que vous mangez du sucre en Europe. Cependant, lorsque ma mère me vendit dix écus patagons sur la côte de Guinée, elle me disait : "Mon cher enfant, bénis nos fétiches, adore-les toujours, ils te feront vivre

heureux, tu as l'honneur d'être esclave de nos seigneurs les blancs, et tu fais par là la fortune de ton père et de ta mère." Hélas ! je ne sais pas si j'ai fait leur fortune, mais ils n'ont pas fait la mienne. Les chiens, les singes et les perroquets sont mille fois moins malheureux que nous. Les fétiches hollandais qui m'ont converti me disent tous les dimanches que nous sommes tous enfants d'Adam, blancs et noirs. Je ne suis pas généalogiste ; mais si ces prêcheurs disent vrai, nous sommes tous cousins issus de germains. Or vous m'avouerez qu'on ne peut pas en user avec ses parents d'une manière plus horrible. »

Exercices

1. *Le texte est séparé en trois parties : imaginez une didascalie pour chacune d'elles.*
2. *Sans montrer vos didascalies, lisez le passage à un de vos camarades : il doit deviner votre didascalie. S'il ne trouve pas, il faut reprendre votre lecture !*

Organisons le débat

Est-il certain qu'il faille voyager ?

Dans le chapitre 18, sous le charme de l'Eldorado, Candide s'exclame : «Il est certain qu'il faut voyager.» Entre sa sortie du château de Westphalie et son arrivée dans le Nouveau Monde, le jeune homme a, en effet, grandi : il a découvert les malheurs qui accablent les hommes et prend ses distances avec la philosophie de Pangloss. Pourtant, à la fin de l'œuvre, il conclut qu'«il faut cultiver notre jardin» et renonce au voyage pour s'isoler dans la métairie. D'après vous, alors, le voyage est-il nécessaire pour grandir et découvrir l'homme ?

Arguments «pour»	Arguments «contre»
• Le voyage nous fait découvrir des nouvelles cultures, des nouvelles idées, etc.	• Il n'est pas nécessaire de voyager pour apprendre : lire des romans, regarder des films, lire la presse, regarder des documentaires peut être aussi instructif.
• Le voyage nous oblige à nous interroger sur ce que nous sommes face au regard de l'autre pour qui nous sommes «étranger».	• Voyager pour faire du tourisme ne suffit pas : le voyage n'est formateur que si on s'immerge réellement dans le pays.
• Le voyage nous oblige à nous adapter et donc à évoluer dans nos comportements.	• Voyager ne signifie pas comprendre le monde : on peut être totalement perdu à l'étranger justement parce qu'on n'a plus de repères. Alors on n'est plus en mesure d'interroger le monde.
• Le voyage nous permet de nous évader de notre quotidien et de mieux le comprendre en prenant du recul.	

Rire pour mieux dénoncer ?

Chez Voltaire, les bûchers de l'Inquisition deviennent des spectacles ridicules, les métaphysiciens deviennent des machines à parler et les femmes violées, battues, réduites en esclavage en deviennent comiques à force de malheurs. Pourtant, rien n'est plus sérieux que les interrogations qui traversent l'œuvre. Voltaire rit, certes, mais pour mieux dénoncer. D'après vous, le rire peut-il être une arme efficace pour défendre une cause ?

Arguments «pour»	Arguments «contre»
• L'humour permet d'aller plus loin car il élargit les limites : il permet donc de faire passer des messages plus facilement.	• Le rire peut faire passer la cause au deuxième plan : on peut prendre plaisir à rire sans pour autant réfléchir.
• Le rire crée une proximité entre celui qui parle et celui qui écoute, cette connivence permet de persuader.	• Le rire suppose une compréhension mutuelle : tout le monde ne rit pas de la même chose alors que les arguments rationnels sont compréhensibles par tous.
• Le rire, qui repose souvent sur la caricature, permet de grossir les traits et de rendre plus évidents les arguments défendus.	• Tous les sujets ne prêtent pas à rire et, surtout, on ne peut pas rire de tout avec n'importe qui : le rire, lorsqu'il devient irrespectueux ou dégradant, n'est plus une arme de l'argumentation mais une arme contre ses opposants.
• Le rire, parce qu'il détend, allège les sujets et facilite la discussion en évitant que chacun ne se braque.	

PROLONGE-
MENTS

Groupement de textes, « Dénoncer les travers de la société : la lutte contre l'esclavage au siècle des Lumières »

Encyclopédie
« Traite des nègres »
Chevalier de Jaucourt (1751-1772)

Médecin et philosophe français, Louis de Jaucourt (1704-1779) contribue activement à l'Encyclopédie dirigée par d'Alembert et Diderot. Dans l'article qui suit, il aborde la question de la traite négrière, c'est-à-dire le commerce des esclaves venus d'Afrique. Comme tous les articles de l'Encyclopédie, l'extrait suivant prend la forme d'une définition.

Traite des nègres (Commerce d'Afrique).

C'est l'achat des nègres que font les Européens sur les côtes d'Afrique, pour employer ces malheureux dans leurs colonies en qualité d'esclaves. Cet achat de nègres, pour les réduire en esclavage, est un négoce[1] qui viole la religion, la morale, les lois naturelles, et tous les droits de la nature humaine.

Les nègres, dit un Anglais moderne plein de lumières et d'humanité[2], ne sont point devenus esclaves par le droit de la guerre ; ils ne se dévouent pas non plus volontairement eux-mêmes à la servitude, et par conséquent leurs enfants ne naissent point esclaves. Personne n'ignore qu'on les achète de leurs princes, qui prétendent avoir droit de disposer de leur liberté, et que les négociants les font transporter de la même manière que leurs autres marchandises, soit dans leurs colonies, soit en Amérique où ils les exposent en vente.

1. Un commerce.
2. Jaucourt fait référence au philosophe anglais John Locke.

Si un commerce de ce genre peut être justifié par un principe de morale, il n'y a point de crime, quelque atroce qu'il soit, qu'on ne puisse légitimer. Les rois, les princes, les magistrats ne sont point les propriétaires de leurs sujets, ils ne sont donc pas en droit de disposer de leur liberté, et de les vendre pour esclaves.

D'un autre côté, aucun homme n'a droit de les acheter ou de s'en rendre le maître ; les hommes et leur liberté ne sont point un objet de commerce ; ils ne peuvent être ni vendus, ni achetés, ni payés à aucun prix. Il faut conclure de là qu'un homme dont l'esclave prend la fuite, ne doit s'en prendre qu'à lui-même, puisqu'il avait acquis à prix d'argent une marchandise illicite, et dont l'acquisition lui était interdite par toutes les lois de l'humanité et de l'équité.

Il n'y a donc pas un seul de ces infortunés que l'on prétend n'être que des esclaves, qui n'ait droit d'être déclaré libre, puisqu'il n'a jamais perdu la liberté ; qu'il ne pouvait pas la perdre ; et que son prince, son père, et qui que ce soit dans le monde n'avait le pouvoir d'en disposer ; par conséquent la vente qui en a été faite est nulle en elle-même : ce nègre ne se dépouille, et ne peut pas même se dépouiller jamais de son droit naturel ; il le porte partout avec lui, et il peut exiger partout qu'on l'en laisse jouir. C'est donc une inhumanité manifeste de la part des juges de pays libres où il est transporté, de ne pas affranchir à l'instant en le déclarant libre, puisque c'est leur semblable, ayant une âme comme eux.

Questions

1. **Dans le premier paragraphe, relevez un indice qui montre que Jaucourt propose une définition et un indice montrant qu'il n'est pas vraiment neutre.**
2. **Relevez dans le texte tous les termes du champ lexical du commerce : quel est le statut de l'esclave selon Jaucourt ?**
3. **Dans le paragraphe 2, pourquoi l'auteur utilise-t-il des phrases négatives ? À quoi peut-il répondre ?**
4. **Après avoir relevé les mots liés au droit, reformulez l'argument principal de l'auteur.**

De l'esprit des lois
Montesquieu (1748)
(«Folio Essais»)

Philosophe des Lumières, Charles Louis de Secondat de Montesquieu (1689-1755), consacre une large partie de son œuvre à la réflexion politique. Dans De l'esprit des lois, il s'interroge sur les formes de la loi mais aussi sur les gouvernements. Dans la section «De l'esclavage des nègres», il explique que l'esclavage ne peut en aucun cas être bénéfique pour une nation.

Si j'avais à soutenir le droit que nous avons eu de rendre les nègres esclaves, voici ce que je dirais :

Les peuples d'Europe ayant exterminé ceux de l'Amérique, ils ont dû mettre en esclavage ceux de l'Afrique, pour s'en servir à défricher tant de terres.

Le sucre serait trop cher, si l'on ne faisait travailler la plante qui le produit par des esclaves.

Ceux dont il s'agit sont noirs depuis les pieds jusqu'à la tête ; et ils ont le nez si écrasé, qu'il est presque impossible de les plaindre.

On ne peut se mettre dans l'esprit que Dieu, qui est un être très sage, ait mis une âme, surtout une âme bonne, dans un corps tout noir.

Il est si naturel de penser que c'est la couleur qui constitue l'essence de l'humanité, que les peuples d'Asie, qui font des eunuques, privent toujours les noirs du rapport qu'ils ont avec nous d'une manière plus marquée.

On peut juger de la couleur de la peau par celle des cheveux, qui chez les Égyptiens, les meilleurs philosophes du monde, était d'une si grande conséquence, qu'ils faisaient mourir tous les hommes roux qui leur tombaient entre les mains.

Une preuve que les nègres n'ont pas le sens commun, c'est qu'ils font plus de cas d'un collier de verre que de l'or, qui chez des nations policées est d'une si grande conséquence.

Il est impossible que nous supposions que ces gens-là soient des hommes,

parce que, si nous les supposions des hommes, on commencerait à croire que nous ne sommes pas nous-mêmes chrétiens.

Des petits esprits exagèrent trop l'injustice que l'on fait aux Africains : car, si elle était telle qu'ils le disent, ne serait-il pas venu dans la tête des princes d'Europe, qui font entre eux tant de conventions inutiles, d'en faire une générale en faveur de la miséricorde et de la pitié.

Questions

1. Classez les arguments dans ces différentes catégories : argument économique, argument physique, argument religieux, argument culturel.

2. Analysez la construction de la première phrase et les temps utilisés : que signifie-t-elle ? Relevez deux indices d'ironie dans le texte.

3. Dans les deux derniers paragraphes, on retrouve le champ lexical de la religion : quel est le but de Montesquieu ?

4. Comparez ce texte au chapitre 19 de Candide. Quel(s) argument(s) retrouve-t-on ?

Remarques sur les pensées de Pascal
Nicolas de Condorcet (1774)

Philosophe, mathématicien et homme d'État français, Condorcet (1743-1794) est, lui aussi, l'un des représentants des Lumières en France.

Arracher les hommes de leur pays par la trahison et par la violence, pour les exposer en vente dans des marchés publics comme des bêtes de somme ; l'accoutumer à ne mettre aucune différence entre eux et les animaux ; les contraindre au travail à force de coups ; les nourrir non pour qu'ils vivent mais

pour qu'ils rapportent ; les abandonner dans la vieillesse ou la maladie, lorsqu'on n'espère plus de regagner par leur travail ce qu'il en coûterait pour les soigner ; ne leur permettre d'être père que pour donner le jour à des enfants destinés aux mêmes misères, devenus, comme eux, la propriété de leur maître qui peut les acheter et les vendre ; que pour voir leurs femmes et leurs filles exposées à toutes les insultes de ces hommes sans humanité comme sans pudeur. Voilà comme nous traitons d'autres hommes ! Ce serait une horrible barbarie si ces hommes étaient blancs ; mais ils sont noirs et cela change toutes nos idées. L'Américain oublie que les nègres sont des hommes : il n'a avec eux aucune relation morale ; ils ne sont pour lui qu'un objet de profit : s'il les plaint, s'il évite de leur faire souffrir des maux inutiles, son insolente pitié est celle que nous avons pour les animaux qui nous servent ; et tel est l'excès de son mépris stupide pour cette malheureuse espèce, que, revenu en Europe, il s'indigne de les voir vêtus comme des hommes et placés à côté de lui. Mais je n'ai pas tout dit : en vain les lois, en consacrant cet usage, qu'aucune loi positive ne peut rendre légitime, parce qu'il viole les droits de la nature, en vain les lois ont-elles voulu mettre une borne à la cruauté des maîtres, leur ingénieuse barbarie élude toutes les lois. Le colon, renfermé dans sa plantation, avec quelques satellites au milieu de ces noirs, est sûr de n'avoir que des témoins dont la loi rejette le témoignage. Là, juge à la fois et partie, il prodigue en sûreté les tortures et les supplices ; le noir qu'il croit coupable est déchiré, tenaillé, jeté vivant dans des fours ardents aux yeux de ses tristes compagnons, qui tremblant d'être traités comme complices, n'osent même pas montrer une stérile pitié. La jeune Américaine assiste à ces supplices ; elle y préside quelquefois : on veut l'accoutumer de bonne heure à entendre, sans frémir, les hurlements des malheureux : on semble craindre qu'un jour sa pitié ne tente de désarmer le cœur de son époux. Ces crimes sont publics, la loi les tolère, l'opinion ne les flétrit pas ! On ose même en faire l'apologie[1] : sans cela, dit-on, nous ne pourrions avoir de sucre. Eh bien ! Si on ne peut en avoir qu'à force de crimes, il faut savoir se passer de sucre ; il faut renoncer à une denrée souillée du sang de nos frères.

1. Texte élogieux, hommage.

Questions

1. Quel est l'effet produit par la longue phrase initiale (lignes 1 à 10)? Pourquoi Condorcet choisit-il l'infinitif?

2. Relevez les éléments pathétiques des lignes 23 à 26.

3. Comment rejette-t-il l'argument économique à la fin de son texte?

4. Relevez une phrase qui exprime ou résume la thèse du texte.

Histoire des arts

Au verso de la couverture en début d'ouvrage :

Voltaire (1979)
RAYMOND SAVIGNAC (1907-2002)
AFFICHE DE L'EXPOSITION VOLTAIRE À LA BIBLIOTHÈQUE NATIONALE EN 1979

1. Analysez la position de Voltaire. Que peut-elle évoquer ?
2. Comment tient-il sa plume ? Quel peut être le sens de ce geste ?
3. Analysez les expressions sur son visage : quelles sont-elles ?
4. Synthétisez rapidement l'image de l'auteur qui apparaît ici.

Au verso de la couverture en début d'ouvrage :

Les progrès de l'amour dans le cœur d'une jeune fille : la lettre d'amour (1771-1772)
JEAN-HONORÉ FRAGONARD (1732-1806)
THE FRICK COLLECTION, NEW YORK

1. Observez les couleurs et la position des personnages : quels sont, d'aprè vous, les sentiments des personnages ?
2. Relevez un élément qui peut montrer que la nature favorise l'amour d ces amants.
3. Quelle est l'atmosphère générale du tableau ?
4. Quel épisode de Candide pourrait-on rapprocher de ce tableau ?

Un dîner de philosophes (1772-1773)
JEAN HUBER (1721-1786)
VOLTAIRE FOUNDATION, OXFORD

Dans cette scène représentant un dîner des encyclopédistes (imaginaire) à Ferney, chez Voltaire, on aperçoit ici le groupe des encyclopédistes : on distingue entre autres Diderot, d'Alembert, Condorcet et le père Adam.

1. Observez les couleurs, la composition, les expressions : quelle est l'atmosphère du dîner ?
2. Que peut signifier le choix d'une composition en cercle autour d'une table ronde ?
3. En vous appuyant sur la caricature précédente, essayez de retrouver Voltaire !
4. Pourquoi occupe-t-il une place importante dans le tableau ?

Dessins pour le projet de ville de Chaux (1775-1779)
CLAUDE-NICOLAS LEDOUX (1736-1806)

Quand on cherche la notice de Claude-Nicolas Ledoux dans une encyclopédie, on lit qu'il fut un architecte, un urbaniste et un utopiste. Ses projets architecturaux mettaient en œuvre, dans la ligne des Lumières, l'idée d'une ville idéale, où les bâtiments servent un projet collectif. Vous pourrez vous promener à Arc-et-Senans, dans la saline qu'il a bâtie et dont le plan est assez proche de celui-ci. Vous verrez alors quelles sont les impressions que vous ressentez.

Le Panaréthéon,
école de morale.

Le Pacifère,
où se règlent les conflits.

Plan du bâtiment
de récréation.

1. Quelle est l'organisation générale de la ville ? À quoi cette forme peut-elle se référer ?
2. En quoi peut-on dire que l'architecte a envisagé la plupart des aspects de la vie en société ?
3. Quels éléments peuvent donner l'impression d'une cité idéale ?
4. S'agit-il des mêmes éléments qu'en Eldorado ?

Convoi d'esclaves en Afrique vers 1859
ANONYME (avant 1878)
MUSÉE DU QUAI BRANLY JACQUES-CHIRAC, PARIS

1. Quelle ligne structure ce tableau ? Comment est-elle mise en valeur ?
2. Quelle impression se dégage des personnages du tableau ?
3. Comparez ce tableau au chapitre 19. Quels sont les points communs ?

Dans la même collection

N° 1 – *Les Fourberies de Scapin* – Molière
N° 2 – *L'Enfant* – Jules Vallès
N° 3 – *Trois courtes pièces* – Molière
N° 4 – *12 fabliaux*
N° 5 – *Le vieil homme et la mer* – Ernest Hemingway
N° 6 – *Boule de suif* – Guy de Maupassant
N° 7 – *Le Cid* – Pierre Corneille
N° 8 – *Candide* – Voltaire
N° 9 – *Paroles* – Jacques Prévert
N° 10 – *L'homme qui plantait des arbres* – Jean Giono

Composition : Dominique Guillaumin
Impression Novoprint
à Barcelone, le 26 septembre 2016
Dépôt légal : septembre 2016
ISBN 978-2-07-079370-9/Imprimé en Espagne

304649